여행이거나
사랑이거나

Travel v or Love

여행이거나
사랑이거나

윤정은 에세이

3장 고속터미널

떠나고 돌아오는 것들을
생각합니다

첫눈이 내립니다. 내리는 눈은 이내 바닥에 닿아 녹습니다. 아름다운 것들은 기다려 주지 않고 소멸하는구나, 생각했습니다. 조금 쓸쓸해집니다만 이내 곁에 오래 머물러 있지 않기에 더 아름답고 애틋할지도 모른단 생각을 했습니다. 실은, 곁에 오래 머물러 주는 것이야말로 가장 아름다운 것들인데요. 종종 잊고 지내다 떠나고 돌아온 후에야 오래 곁에 머무는 것들의 평온함에 안도하곤 합니다. 오늘 아침 집을 나서며 동그란 문고리를 물끄러미 바라보았습니다. 오늘 하루는 어떤 여행이 시작될까요. 어쩌면 우리는 매일 떠나가고, 매일 돌아오는지도 모릅니다. 이 문을 열면서요. 삶이라는 여행을 매일 떠나며, 그 길이 여행임을 망각하고 지냅니다. 문을 닫고 오늘의 여행을 위해 운동화 끈을 동여매 봅니다. 첫눈이 매일 내린다면 설레거나 가슴 시린 추억으로 남지 않겠지요. 사랑하는 사람의 안녕을 마음으로 빌며 걸음을 뗍니다.

떠나고 돌아오는, 삶에서 무수히 떠나고 돌아오는 어떤 것들에게 마음의 전부를 내어 주기도 합니다. 돌아오지 않을 걸 알면서 내어 주기도 하고, 떠나온 것들에게 온통 마음을 내어 주어 빈껍데기로 살아가기도 합니다. 어디에 있을까요, 한때 우리가 사랑했던 깊은 마음들은요.

떠나고 돌아오는 장소들
떠나고 돌아오는 사람들
떠나고 돌아오는 것들

에 대한 이야기를 해보려 합니다. 그곳에서 맞이한 아름다운 마음과 추억 그리고 나, 는 유기되지 않고 담겨 있을 것입니다. 이야기의 시작점들은 떠나고 돌아오는, 시작하거나 맞이해야 하는 장소입니다. 봄꽃이 필 때 즈음 글은 완성되지 싶습니다. 꽃이 피었다, 고 발그레 상기된 볼로 당신에게 글을 건네고 싶습니다. 휘발되고야 마는 흔한 고백보다 깊은 마음으로 당신 마음에 화알짝 핀 꽃이 되고 싶습니다. 시들지 않는 글 꽃이 되고 싶습니다. 마음이 흔적 없이 사라진 어떤 날에 유기된 언어의 조각을 맞추며 피어나는 꽃, 처럼요. 시들지 않는 마음이야 없다지만, 시들지 않는 글자는 존재하니까요. 시들지 않는 마음을 경험해보지도 못했으면서 너무 많은 말을 하는 건 아닌가 싶지만, 원체 여행길에 선 여행자는 서툴고 낯선 법이니 괜찮다고 치부해 봅니다. 아니, 어쩌면 시들지 않는 마음을 이미 가지고 있는지도 모르겠어요. 발견하지 못했을 뿐이지요. 그것은 생의 여행길에서 찾게 되거나 줄 수 있는 가장 아름다운 선물이 아닐까 생각합니다.

문고리를 만지며 시작한 글이 해가 지는 풍경을 바라보며 쓰는 시간으로 이어졌습니다. 해가 지고, 뜨는 것 역시 매일 떠나고 돌아오는 어떤 것 중 하나겠지요. 눈이 그쳤습니다. 커피는 차갑게 식었어요. 몸의 온기를 위해 물을 끓여야겠어요. 보온병에 물을 가득 채워 출발하려 합니다. 어디로요? 글쎄요. 어디일까요-.

어디로 가야 할까요.

1장 인천공항

가끔은 도망쳐 보기로 합니다

오늘만큼은 여행자입니다

떠나는 사람들의 짐에 대하여

수많은 변수에도 불구하고

비행기 창가에서 하늘을 바라보며 시를 따라 읽습니다

라라랜드에 도착했어요

오늘을 춤추듯 살아가요

우리는 조금 더 유연해질 거라

나의 생활지가 당신에겐 여행지가 됩니다

소울 푸드 같은 사람이고 싶어요

다정함을 되찾기 위해 낯섦을 구매합니다

떠들썩한 설렘과 도착의 안도를 동냥하러 갑니다

흐트러져도 괜찮아

당신 참 예뻐요

가끔은 도망쳐 보기로 합니다

세상에서 가장 어려운 일이 사람의 마음을 얻는 일이라 하던데, 이보다 조금 더 어려운 일이 내 마음을 얻는 일 같습니다. 나로 살아가는 일, 나를 데리고 살아가는 일이야말로 세상에서 가장 어려운 일 중 하나입니다. (사실, 세상에서 가장 어려운 일을 딱 하나만 꼽기엔 너무도 어려운 일이 많습니다.) 마음에 들지 않는 나를 데리고 그럭저럭 살아가는 일, 어떻게든 자신을 이해해보려 노력하는 일, 내 안의 상처와 화해하는 일 등 답답한 나로 살아가기에 버거운 날들은 너무도 많습니다. 그럼에도 평생 잘 지내야 할 대상은 나이기에, 그럭저럭 예뻐 보이는 구석을 찾아봅니다.

나로 사는 일이 어려워 도망치듯 비행기 표를 샀습니다. 해야 할 일들을 미루어 둔 나는 마음에 들지 않지만 더 이상 숨쉬기 버겁다 느낄 때 비행기를 탄 용기는 참으로 칭찬

해줄 만합니다. 그러네요, 살펴보니 이렇게 괜찮은 구석도 있네요. 건조한 비행기를 타기 직전 화장실에서 휴대용 클렌징으로 구석구석 세안을 합니다. 오랜 비행을 견뎌야 하니 배가 편안한 고무줄 바지를 입습니다. 피부 좋은 어떤 연예인분은 비행기에서 크림 한 통을 다 바른다기에 비행기에서 바를 크림도 한 통 챙겨봅니다. 마스크 팩은 두 장, 칫솔과 치약은 비행기에 있겠지만 혹시 모르니 기내용 가방에 챙겨 넣습니다. 좁은 의자에 몸을 구겨 넣고 두 번쯤 식사를 하고 와인을 마시고 선잠을 자다 보면 목적지에 도착해 있겠지요. 답답한 비행이 지겨워 몸을 비틀 때쯤이나 오래된 영화를 두 편 보고 날 때쯤, 챙겨온 책들을 몇 장 읽다 보면, 말입니다.

무작정 도망친다고 아무것도 해결되진 않겠지만, 최소한 도망치는 용기를 낸 무모한 나에게 반해 볼 참입니다. 무모하고 시시한 나로 살아가는 일, 좋은 일입니다. 충분히 시시한 나이니 앞으로 근사해질 날만 남았으니까요. 여권을 만지작거리며 공항으로 가는 길, 핸드폰 카메라에 찍힌 얼굴은 어플을 쓰지 않아도 너무도 밝아 보입니다.

오늘만큼은 여행자입니다

공항으로 가는 길부터가 진짜 여행의 시작이 아닐까요. 떠나야 할 목적지가 없더라도 답답할 때 공항으로 갑니다. 버스를 타기도 하고, 운전을 하기도 합니다. 공항으로 향하기 시작하면서 복잡한 머릿속이 말끔히 지워진다고 하면 새빨간 거짓말이고, 걱정을 다음으로 미뤄둘 수는 있습니다. 미뤄둔 걱정은 어차피 제가 해결해야 할 몫이지만 오늘만큼은 대신할 이가 있다 믿고 싶습니다. 오늘은 버스를 타보려 해요. 공항으로 향하는 버스 시간표를 검색하며 벌써 마음은 꽃마차를 타고 날아갑니다. 긴 여정에 캐리어 하나 필요 없는 사람처럼, 편도 항공권을 구매한 사람처럼 노트북이 들어 있는 백팩 하나 메고 공항버스에 탑승합니다. 지금 이 순간만큼은 인천공항으로 가서 "가장 빠른 시간 안에 출발하는, 가장 먼 곳의 표를 주세요."라고 말한다거나

"어디든, 아무 곳이든 떠날 수 있는 표를 주세요."라 말하는 여행자가 되어봅니다. 시간과 통장 잔고 그리고 해내야만 하는 책임 같은 것들을 고려치 않고 떠날 수 있는 사람처럼 호기롭게 계산대 앞에 서 있는 상상을 해봅니다. 달리는 버스의 유리창에 비춘 얼굴이 모처럼 평화로워 보입니다. 이렇게 웃을 줄 아는 사람이면서 그간 왜 그리 얼굴 찌푸리며 지냈을까요. 어쩌죠, 잠이 오네요. 아직 어느 나라로 떠날지 정하지도 못했는데요.

떠나는 사람들의 짐에 대하여

　모처럼 꿈도 꾸지 않고 단잠을 잤습니다. 삼 일을 제대로 자지 못했기에 참 좋습니다. 잠에서 깨니 버스는 공항에 도착했습니다. 몽롱한 기분으로 가방을 메고 제1 여객터미널에 하차합니다. 캐리어가 없으니 발걸음은 가볍습니다. 공항에서 처음으로 맡는 향취로 나라를 추억하는 습관이 있습니다. 숨을 크게 들이쉬며 공항 냄새를 맡습니다. 탑승 수속 계산대 셀프 체크인 기계 앞에서 계절에 맞지 않는 옷차림을 한 이들의 다양한 언어를 듣습니다. 캐리어가 굴러가는 경쾌한 소리가 꿈결 같습니다. 소리가 들리는 방향으로 자연스레 시선이 따라갑니다. 캐리어 크기에 따라 여행의 일정을 상상해 봅니다. 캐리어가 크다 해서 여행이 긴 것은 아니고 작다 해서 여행이 짧은 것은 아닐 텐데, 왠지 커다란 캐리어를 끌고 가는 이에게서는 다시 돌아오지 않을 듯한 단호함이 느껴집니다. 어디로 가는 걸까요. 은색 캐리어가 사라지고 이번엔 검은색 캐리어가 나타납니다. 탄탄한 재질로 만든 작은 기내용 캐리어를 끌고, 경쾌하게 가는 이의 외투 안에 입은 꽃무늬 시폰 원피스를 바라봅니다. 휴양지에 가는 걸까요, 아름다운 여행일까요.

작은 기내용 캐리어를 끌고 가는 이는 이미 커다란 짐을 부쳤을지도 모릅니다. 커다란 캐리어를 끌고 가는 이는 목적지에서 나누어줄 물건 때문에 짧은 일정일지라도 캐리어가 클지도 몰라요. 앞에 보이는 단편만으로 전부를 판단하는 건 편견이자 아집이겠지요. 그들의 여정이 어떤 여행이건 건강과 평화를 빌어봅니다. 어쩌면 다시 볼 일 없는 스치는 이들이 평화로워질 거라 생각하는 것만으로도 마음이 함께 웃습니다.

수많은 변수에도 불구하고

비행기를 타는 날은 무에 쫓기지 않음에도 마음이 조급합니다. 비행기를 놓치는 게 불안한지, 비행기가 나를 두고 떠나버리는 게 불안한지 혹은 둘 다 일지도요. 마치 사랑을 처음 시작한 마음 같습니다. 마음을 알고 싶어 조바심이 나다가도 마음을 알게 되면 이 사랑이 또다시 아픔으로 남게 되는 건 아닌지, 사랑이 나를 두고 떠나 버리는 건 아닌지 불안해집니다. 가장 행복할 때 가장 불안합니다. 사랑을 믿지 못하는 게 아니라, 나를 믿지 못하는 것일지도 모릅니다. 또다시 상처받고 싶지 않아 마음을 재고 나누는 못된 버릇을 가진 나를요. 가늠할 수 있는 것이 사랑이라면, 세상에 슬픈 사랑의 이야기는 존재하지 않겠지요. 어쩌면 비행경로가 확인되어야만 안심되는 그런 사랑에 길들여진 것일지도 모릅니다. 저 마음이 어느 정도까지 와 있으니

내 마음도 이만큼 내어주고, 저 사랑이 잠시 휘청거리니 내
마음도 거리를 두자 마음먹는 바보 같은 짓도 반복해 봅니
다. 물론, 마음먹은 대로 되어줄 리 없는 사랑은 늘 불시착
입니다.

다행입니다. 사랑처럼 비행기도 마음대로 되지 않는 건
아니니까요. 간혹 지연이나 연착이 있긴 하지만 대부분 예
정된 시간에 떠나고, 돌아옵니다. 그럼에도 몇 시간 훌쩍
서둘러 공항으로 향합니다. 수많은 변수에도 불구하고 그
시간에 비행기를 타기 위함입니다. 수많은 변수에도 불구
하고 당신에게 가고 있는 나, 처럼요.

지루한 줄을 견뎌 짐을 부치고 하릴없이 공항을 거닐
어 봅니다. 책을 파는 곳에도 들렀다가, 약국에도 들렀다
가 출/도착 시간표를 보며 나라 이름을 찬찬히 읽어 보기
도 합니다. 서성이다 책방에 다시 들어갔습니다. 여행을 떠
나면 꼭 그 나라 도시의 서점을 들르는 습관이 있습니다.
의도치 않아도 자연스레 발길이 갑니다. 베니스의 작은 책
방에서 사 온 만화책도, 파리 노점에서 사 온 소설책도, 부
산 보수동에서 사 온 얇은 책들도 힘이 센 추억이 됩니다.

그리고 마음을 전하고픈 이가 있을 땐 읽으려고 챙겨간 책을 나누어주고 옵니다. 해서, 여행을 떠날 땐 부러 새 책을 사곤 합니다. 깨끗하게 읽다 나의 언어를 선물로 건네 오고 싶어서요. 세계를 돌던 그 책을 지구 반대편 허름한 책방에서 만나게 된다면 얼마나 반가울까, 하는 상상도 하면서요. 서점에서 천천히 책을 고르고 허기진 배를 달래러 식당으로 향합니다. 무엇을 먹을까 고민하며 다음에 당신과 함께 온다면 여러 음식을 한꺼번에 시켜 고민하지 않고 먹어야지, 생각도 합니다. 돌아오기 위해 떠나는 게 여행이라면, 어쩌면 이 여행의 종착지는 당신인지도 모릅니다. 제아무리 마음이 비행하여도 어김없이 도착은 늘 당신이니까요.

다녀올게요. 기다려 준다면 마음을 재는 못된 버릇을 가진 나의 습성을 지구 반대편에 두고 오려 해요. 아니, 기다려 주지 않아도 두고 올게요. 사랑은 먼저 내어주는 이가 더 깊이 행복할 수 있다는 걸 어렴풋이 알아가는 거 같아요. 이제 진짜 다녀올게요. 서두르길 잘했어요. 당신에게 향하는 마음의 길을 보고 있으니까요.

비행기 창가에서 하늘을 바라보며
시를 따라 읽습니다

내 그대를 생각함은 항상 그대가 앉아 있는 배경에서 해
가 지고 바람이 부는 일처럼 사소한 일일 것이나 언젠가
그대가 한없이 괴로움 속을 헤매일 때에 오랫동안 전해
오던 그 사소함으로 그대를 불러보리라.

― 〈즐거운 편지〉, 황동규

그리고 당신을 생각했어요.

라라랜드에 도착했어요

모든 그리움이 해와 함께 지는 시간입니다. 그리움의 깊이만큼 하늘은 물들고 헤어지기 아쉬워 눈물 글썽이는 연인들처럼 노을은 하늘에 번집니다. 해가 지는 풍경을 바라보며 공항을 향해 달려갑니다. 해질녘에 공항으로 가거나, 해가 지는 풍경을 바라보며 기내에 있거나, 출국 수속을 마치고 복잡한 공항을 빠져나와 새로운 도시의 냄새를 맡으며 해가 지던 순간들이 떠오릅니다. 여행지에서도, 일상 안에서도 해가 지는 풍경과 수도 없이 조우했으면서 유독 이 순간의 해질녘이 사무치는 이유는 그리움 때문일까요. 오늘도 모든 그리움이 해와 함께 집니다.

강연을 위해 로스앤젤레스에 방문한 적이 있습니다. 장렬하게 일하다 전사하겠다 싶을 만치 과로한 뒤 비행기에 몸을 실었습니다. 며칠간 잠도 제대로 자지 못했습니다. 심

지어 흥겨움에 공항 라운지에서 마신 와인과 라면에 체해 생전 하지 않던 비행기 멀미에 시달렸습니다. 흔들리는 기내에서 비틀비틀 변기를 붙잡고 먹은 것들을 게워내는 미련을 떨었습니다. 냄새나는 변기를 붙잡고 후회를 해봅니다만, 후회는 언제 해도 늦습니다. 다만 내일은 후회할 일을 만들지 않길 바랄 수밖에요. 아무리 일 때문에 가는 비행이라지만 로스앤젤레스는 처음 가보기에 꽤나 들떠 있었나 봅니다.

장시간 비행 끝에 공항에 도착했을 때는 꽤나 지쳐 있었습니다. 차근차근 짐을 찾고 나오며 연신 사진을 찍어댑니다. 사소한 풍경도 신기해 사진을 찍는 내가 조금 촌스럽다고, 촌스러워 귀엽다고 느껴집니다. 눈을 동그랗게 뜨고 살고 있던 익숙한 도시와 다른 점을 찾아봅니다. 화장실 세면대와, 화장실 바닥 타일에게조차 관심을 가집니다. 커다란 캐리어를 끌고 나가 마중 나온 분의 차를 타고 공항을 빠져나갑니다. 그가 말했습니다.

"여기가 영화 〈라라랜드〉의 오프닝에 나왔던 그 도로예요."

차창 밖을 바라보니 노을이 지고 있습니다. 오랜 비행의 고단함과 긴장을 녹여주기에 더없이 좋은 기막힌 타이밍입니다. 아름다운 순간을 만나면 간직하고 싶어집니다. 핸드폰을 꺼내어 연신 사진과 동영상을 눌러댑니다. 누군가에겐 일상의 끝이자 퇴근 후 집으로 가는 길일 테고, 누군가에겐 이곳이 생전 처음 와본 여행지겠지요. 노을을 바라보며 공항을 빠져나가는 도로에서 이리도 설레는 걸 보면 꽤나 멀리 떠나온 게 맞나봅니다. 문득 익숙지 않은 불안감에 환전한 지폐와 신용카드 그리고 여권이 들어 있는 가방을 앞으로 메고 꽉 쥐어봅니다.

낯선 이 도시에서 오늘 밤, 잠들 수 있을까요-.

오늘을 춤추듯 살아가요

이제는 깨끗한 자연 보존을 위해 그 섬의 모래사장엔 펍도, 클럽도, 음식점도 영업하지 않는다고 합니다. 하지만 기억 속 그 해변은 아름다운 노을을 바라보며 펍에서 들리는 경쾌한 음악에 맞추어 맥주 한잔을 마시고 깔깔거리던 흥겨움으로 남아있습니다. 망고가 싸고 맛있다 해서 질리도록 망고 주스를 마시고 음악을 들으며 바다색이 유난히 맑은 섬에서 별거 아닌 일에도 참으로 많이 웃었습니다.

지금 이 해변에 흐르는 경쾌한 음악처럼 춤을 추듯 살아갈 수 있을까요. 우리 삶이 춤이 된다면, 그 모든 몸짓이 가벼울 수 있을까요. 삶은 꿈이고, 지금 나는 여기에서 꿈을 꿉니다. 깨지 않을 달콤한 꿈을요. 발끝에 닿는 모래처럼, 자유로운 파도처럼 정해진 길 없이 오늘을 춤추듯 살아가는 꿈을 꿉니다. 지금 우리가 가지고 있는 것은 꿈일 뿐이지만, 지금 우리에게 있는 것은 우리뿐이죠. 우리가 믿는 삶이 우리의 눈앞에 펼쳐질 거예요. 오늘 춤추듯 살지 않으면 내일도 춤추듯 살아갈 수 없어요. 정해진 길이 아니면 어떤가요, 어차피 애초에 정해진 길 따윈 없던걸요. 자유로운 춤사위처럼, 우리의 꿈도 자유롭게 하늘을 훨훨 날아가길 바라요.

삶은 꿈이고, 나는 지금 꿈을 꾸는 몽상가입니다. 끝나지 않을 춤을 추고 있다는 몽상을 하는 몽상가요. 자유롭게 날아갈 거예요. 바다를 향해, 꿈을 향해요. 춤을 추듯이, 삶의 비행을 꿈꿉니다.

우리는 조금 더 유연해질 거라

　무용한 아름다움에 대해 생각합니다. 쓸모없어 보이는
것들이 실은 가장 쓸모 있는 것이 될 때가 있잖아요. 가령,
이리 가만히 앉아 바다를 바라보며 하릴없이 시간을 쓰는
일 같은 것들이요. 아무것도 하지 않는 듯 바다 앞에 있지
만, 나는 당신을 그리고 바다는 제 할 일을 하고 있습니다.
들고 나는 바다를 보며 한때 곁에 있던 당신을 생각합니
다. 우리가 함께였던 시간들이, 파도가 제 할 일을 하는 사
이 지나가 버렸습니다. 어제는 공항 식당에서 우연히 당신
을 보았습니다. 계산대에서 무엇을 먹을까 고민하며 다른
이들의 메뉴를 훑어보는데, 당신이 보였습니다. 그리고 곁
의 당신들이 보였습니다. 당신들은 십여 년이 지나도 여전

히 다정한 사이더군요. 한때의 우리는 같은 공간에서 수업을 듣고, 의도치 않아도 일주일에 이삼일은 보던 사이였습니다. 졸업을 하며 자연스레 멀어져갔고, 자주는 아니지만 궁금한 적도 있었습니다. 미련이 아닌 그리움이라 말하고 싶습니다. 자연스레 멀어진 사이를 어찌 이어야 할까요. 십 년 만에 너무 반갑다 폴짝폴짝 뛰기엔, 우리는 너무 경직되어 있습니다.

어떻게 할까요, 우리.

고민과 당신들을 뒤로하고 식사를 합니다. 다가서 인사를 해야 할까, 인사를 한다면 연락처를 주고받아야 할까, 연락처를 주고받은 다음엔 어색하게 만나야 할까…. 천천히 밥을 씹으며 고민을 합니다. 당신들이 걸어 나온다면 인사를 해야지 싶지만, 식사는 끝이 났고 나는 가방을 메고 걸어 나옵니다. 한때 곁사람들의 안녕과 안부를 마음으로 물으면서요. 굳이 자연스럽지 않은 만남을 유지해야 하는 고단함을 주고 싶지 않았습니다. 우리가 만나야 할 인연이라면, 언젠가 어느 시점엔가 다시 만날 날이 있을 것입니다. 그때까지 부디 안녕히 계시길 바랍니다. 그날은 우리

관계를 이어가야 할지 고민치 않고 인사를 나누기로 해요. 그만치의 세월이 지날 테니, 우리는 조금 더 유연해질 거라 믿어봅니다.

생각해보니 몇 해 전 겨울에도 비슷한 일이 있었습니다. 스물한 살에 함께 수업을 듣던 친구와 카페에서 마주쳤습니다. 우리는 손을 맞잡으며 반가워했고, 안부를 물었고, 서로의 안녕을 빌어주며 카페를 나왔습니다. 조금 쓸쓸했지만 그렇다고 슬프지는 않았습니다. 전화 걸지 않을 전화번호를 저장하는 일이 더 쓸쓸함을 우리는 동시에 알아버린 걸까요. 다가오는 이들과 멀어지는 이들 사이에 자연스레 곁에 있는 오랜 인연들을 생각합니다. 당신들을 생각하니 조금도 무용하지 않은 시간입니다. 겉으로 보기엔 무용해 보이는 지금 이 순간이 말입니다.

그럼에도 당신들은 마음속에 남습니다. 보기보다 잔정이 많아 마음에 담은 이들을 떠나보내지 못해 담고 사는 이 마음에 머물고 있는 이들이 늘어갑니다. 인사를 건넬 용기는 없어도 마음속에서 당신들과의 추억을 생생히 담고 살아갈 수는 있습니다. 때론 추억이, 그리움이 살아가는 힘이 되기도 하니까요.

나의 생활지가
당신에겐 여행지가 됩니다

여행지에서 빨래가 마르는 풍경을 보면 묘한 위안이 듭
니다. 도망치고 싶어 떠나왔지만 다시 돌아가야 할 그곳이
제자리임을 알듯, 일상을 피해 떠나왔지만 이곳 역시 생활
지임을 눈으로 확인하는 순간 다시 돌아가 발붙이고 살아
갈 용기가 생기곤 합니다. 긴 줄에 빨래가 널려 있는 풍경
은 한없이 평화로워 한참을 머물게 만듭니다. 마음을 평화
롭게 만드는 이 풍경이야말로 명화이고 액자이지 싶어요.
일부러 갤러리를 찾지 않아도, 거리마다 곳곳이 예술 작품
입니다. 생동감 있게 뛰어노는 아이들의 표정에서, 여행객
에게 친절히 길을 일러주는 마음에서, 처음 경험한 음식을
따뜻하게 내어 주는 식당 주인의 손길에서 모든 아름다움
이 피어납니다. 그러고 보면 내가 사는 곳도 누군가에겐 여
행지가 되고, 어떤 이에겐 생활지가 됩니다.

공항 안내데스크에 서 봅니다. 여행을 시작하고 끝내는 이들의 캐리어 소리, 환전하는 이들의 들뜬 목소리, 와이파이 도시락을 빌리는 사람들, 길을 묻는 사람들, 청소를 하는 이들, 근무를 하고 있는 직원들이 제 일을 해내는 소리, 이제 막 비행을 끝낸 승무원들의 무겁고도 가벼운 발걸음 소리가 뒤섞여 음악처럼 들립니다. 들썩거리는 음악을 감상하다 지도가 눈에 들어옵니다. 해외에 도착하면 공항을 두리번거리며 지도를 찾곤 합니다. 한데 내가 사는 이 지역에도 관광 안내도가 있네요. 알고 있고 친숙한 도시의 지도를 꺼내어 봅니다. 자주 다닌 길이라 생각했는데 알지 못하는 공간들이 있습니다. 언제부터 이런 공간들이 생겼지? 가보아야겠네,라며 신이 나 빨간 펜을 꺼내 동그라미 표시를 합니다. 속속들이 안다고 생각했지만 실은 대부분 모르는 것들이 많습니다. 몰라도 좋은 일들은 묻어 두기도 합니다만, 지루한 생활지가 이리도 활력 있는 여행지가 되는 게 종이 한 장 차이인 걸 보면 몰라도 좋은 일들을 묻어 두지 않아도 되는 것 아닌가, 싶기도 합니다.

사실 잘 모르겠습니다. 잘 모르기 때문에 도망치지 않고 이 자리에서 생을 견디며 살아가고 있는 것인지도 모릅니다. 지도를 고이 접어 구겨지지 않게 가방에 넣습니다. 일상의 권태와 지루함에 몸이 비틀어질 때쯤 꺼내어볼 생각입니다. 나의 생활지가 당신에겐 여행지일 테니까요. 당신의 시선으로 지도를 꺼내어 일상의 권태를 걷어내 볼 참입니다.

소울 푸드 같은 사람이고 싶어요

공항 식당가에서 떠나기 전 마지막 식사를 무얼 먹을까 고민하는 일은 너무도 즐겁습니다. 곤드레 밥, 김치찌개, 떡볶이, 생선구이…. 고작 일주일간 먹지 못할 것임에도 불구하고 영원히 떠나는 사람처럼, 신중히 음식을 고릅니다. 고백하자면, 하루에 한 끼는 꼭 한식을 먹는 밥순이입니다. 오 일간 한식을 먹지 않던 유럽 여행 중 어느 날은 당신의 달콤한 말도, 파리의 아름다운 풍경들도 위안이 되지 않습니다. 엽서에서만 보던 센 강을 유람선을 타고 건너며 에펠탑이 반짝이는 불빛을 보고 돌아온 아름다운 밤에도 시름시름 앓습니다. 그리움, 때문입니다.

김치찌개, 된장찌개, 생선구이, 호박잎 쌈, 담백한 야채구이, 떡볶이, 신라면, 비빔밥, 돌판에 구운 삼겹살에 구운 김치랑 고사리랑 마늘 척 얹어 싸 먹는 볼이 터질 것 같은 쌈

까지…. 눈물이 납니다. 입맛에 맞는 칼칼한 음식이 먹고
싶어서요. 평소엔 기분 내며 사 먹던 음식을 끼니마다 먹으
니 속에서 아우성입니다. 우리는 일상적인 음식을 먹고 싶
다며, 혀끝에 맴도는 맛을 달라 난리입니다. 고급레스토랑
에서나 먹던 프렌치 어니언 스프를 파리에서 먹고 있음에
도 김치찌개가 먹고 싶은 나는, 어쩜 이리 촌스러운 걸까
요.

　결국 다음날 눈 뜨자마자 한인 식당을 찾아 김치찌개 향
이 나는 조미료 탕을 사 먹고 나서야, 아름다운 파리 풍경
이 눈에 들어오기 시작합니다. 하얀 쌀밥을 숟가락 가득
떠서 입에 욱여넣고 나서야, 마음의 여유가 생깁니다. 촌스
러워도 어쩌겠어요, 이게 나인걸. 그리고 보면 낯선 곳에서
즐거웠던 기억은 여행에 지쳐갈 때쯤 먹었던 입에 맞는 익
숙한 음식들입니다. 홍콩의 맥도날드에서 감자튀김에 발라
먹은 볶음 고추장이라든가, 필리핀 공항에서 홀린 듯 오천
원을 내고 사 먹은 한국 컵라면이라든가, 엘에이에서 먹은
죽과 고기가 큼직한 육개장 같은 것들이 따뜻한 기억으로
남습니다. 역사 깊은 근사한 스테이크 집에서의 훌륭한 디
너라든가, 베니스의 작은 골목에서 먹은 파스타라든가, 이

태리에서 먹은 젤라또와 피자라든가, 노을 지는 해변을 바라보며 먹었던 깔라만시 튀김이나 베트남 쌀국수 같은 것들은 시간이 지나면 앨범을 꺼내듯 부러 추억을 꺼내 보아야만 떠오릅니다. 자랑스레 인스타그램 피드에 시간과 정성을 들여 찍은 사진은 부러 꺼내 보아야만 하는 음식이기에, 생선구이나 된장찌개에 밥 한 그릇 말아 깍두기 오독오독 씹으며 먹는 익숙한 끼니를 더 좋아합니다. 치장한 나, 같은 음식과 민낯의 나, 같은 음식 사이에서 나는 당신에게 치장하지 않은 음식 같은 사람이고 싶어요.

굳이 우리 사이의 편안한 일상을 SNS에 일일이 전시하지 않습니다. 일상적이지 않기 때문에 사진을 찍고, 사진을 찍기 때문에 머리카락 한 올도 정리하는 정성을 보이니까요. 일상이 권태로워질 때, 이렇게 공항의 음식점에서 고르는 익숙한 음식 같은 편안한 사이. 우리가 그런 사이가 될수 있을까요? 정말, 그럴 수 있을까요. 그럴 수 있다면 얼마나 좋을까요.

아, 그래요. 다음에 당신을 만나면 함께 뜨끈한 국밥을 먹어야겠어요. 호호 불어가며, 음식도 적당히 흘려가며, 입도 와구와구 벌려가며. 그렇게 한 발자국 다가서 보렵니다.
음식의 온기를 빌려서요.

다정함을 되찾기 위해
낯섦을 구매합니다

바삭 마른 마음에 생기를 불어넣고 싶어 집을 떠나기로 합니다. 공항 인근 호텔을 예약하고 서해 바다가 보이는 카페에서 글을 씁니다. 살살 가시를 발라 생선구이를 먹고 호텔로 돌아와 해가 지는 배경으로 꼼짝도 않고 떠나고 들어오는 비행기를 바라봅니다. 저리 큰 비행기가 저리도 가벼이 날 수 있다니. 보아도 보아도 신기합니다. 깜빡 잠이 들었나 봅니다. 온통 까아만 어둠 속입니다. 창문으로 시선을 돌리니 비행기는 여전히 제 할 일을 성실히 해냅니다. 물끄러미 비행기를 바라보다 생수병을 들고 벌컥벌컥 마십니다. 이상하네요. 물을 마셨음에도 갈증이 가시지 않아요. 마저 잠자리에 들기로 합니다만, 깨끗하고 쾌적한 이곳에서 잠을 설칩니다. 뒤척임에 날이 밝습니다. 낮게 뜨기 시작해 비상하는 비행기를 바라보며 이불에서 빠져나옵니다.

　호텔은 생활과 멀찍이 떨어져 있습니다. 깨끗하고 하얀 침구, 바스락거리는 이불, 눈부시게 하얀 욕실까지. 생활의 때가 묻어날 틈 없이 정갈하고 건조합니다. 공간을 집으로 만들고 싶어 이불을 멋대로 헝클어 버리고 짐을 잔뜩 풀어도 이곳은 집이 아닙니다. 락스 냄새 가득한 하얀 수건으로 몸을 닦고, 평소 하지 않을 과한 지출을 식비로 지불하며 낯섦을 구매합니다. 호텔에서 여러 밤을 지내고 나면 창문을 열 수도 있고 생활의 흔적이 난무한 집이 그립습니다. 그리도 도망치고 싶던 생활이 다정히 느껴지다니. 자신들의 집으로 돌아가라고 호텔은 이리도 단정하고 건조한가 봅니다.

떠들썩한 설렘과 도착의 안도를
동냥하러 갑니다

아무 일도, 목적지도 없이 공항에 가곤 합니다. 일상에
치여 팍팍한 마음이 드는 날 모든 걸 버리고 훌쩍 떠나고
픈데 돈도 시간도 여유도 없는 그런 슬픈 날이겠지요. 아
니, 실은 슬픈 날이 아니라 보통 날일지도 모릅니다. 숨 막
히는 답답함을 참아내며 살아가는 게 우리네 일상일지도
요. 참다 참다, 호흡 곤란이 오고야 말 때에 공항에 간다 표
현하는 쪽이 더 맞을지도 몰라요. 어느 편이건 일단 공항
에 가기로 결정한 순간부터 생각의 도피는 훌륭히 이루어
집니다. 지고 있던 고민들은 고요히 서랍에 넣어두고 가벼
운 발걸음으로 나섭니다. 공항 곳곳엔 일상을 벗어던지고
떠나는 사람들의 떠들썩한 설렘과 여행에서 돌아와 속히
일상으로 돌아가고 싶어 하는 이들의 지친 안도가 뒤섞여
있습니다.

떠나는 이와 돌아온 이, 배웅하는 사람들과 마중 나온 사람들이 한데 있습니다. 떠나고 돌아오는 감정들이 여기서 있습니다. 계단에 가만히 서 【출발】이라는 글자와 【도착】이라는 글자를 번갈아 물끄러미 바라봅니다. 나는 지금 어디쯤 와 있는 것일까요. 한때는 '출발'이 모든 것의 시작인 줄 알았고 '도착'이 모든 것의 끝인 줄 알았습니다. 출발과 도착은 시소의 기울임처럼 늘 함께인 줄도 모르고요. 산다는 게 시작과 끝만 있음이 아님을 알게 되면서 조바심은 잦아들었습니다만 지루해지기도 했습니다. 고단함 같은 것들은 도착이 있을 테니 이 정도만 견디면 끝인 줄 알았는데, 끝이 아니라는 사실에 아찔해지기도 했습니다. 출발이 있으면 도착이 있듯, 좋은 일이 있다면 나쁜 일이 있습니다. 반대로 나쁜 일이 생기면 좋은 일의 차례도 옵니다. 시소처럼 반복되는 삶 속에의 반작용은 굉장히 좋은 일이 있을 때 다음에 올 나쁜 일을 생각하며 불안해하고, 나쁜 일이 생기면 다음에 올 좋은 일을 생각하며 견딘다는 것입니다. 현재에 집중하지 못하는 습관인 것 같기도 하고, 고단함을 견디는 좋은 습관인 것 같기도 합니다. 얼마나 더 살아봐야 이 모든 고단함에 대한 혜안을 가질 수 있을까요. 생에 가장 젊은 날이기도, 가장 나이 든 날이기도 한 오늘의 나는 모르는 게 너무도 많습니다.

누군가를 맞이하는 이들 곁에서 문이 열리길 기다립니다. 올 리 없는 이를 기다리며, 올 수 없는 이를 기다리기도 합니다. 긴 비행에 지친 안색을 한 당신이 캐리어를 끌고 나오며 반가움에 손을 흔드는 상상을 해봅니다. 하고 싶은 많은 말을 삼킨 채, 당신에게 달려가 안기고 싶습니다. 눈을 감고 한동안 당신의 체온을 느끼며 당신의 냄새를 맡고 싶습니다. 모두 빠져나와 쓸쓸한 입구 앞에서 연착된 당신을 기다립니다. 생의 출발과 도착의 의미를 알기엔 너무도 오랜 날이 필요할 것 같지만, 이 사랑의 도착지는 어디인지 이제야 알 것 같습니다. 사랑하는 당신, 너무 늦지 않게 와주시길 바라요.

여기, 이 자리에서 기다리고 있으니까요.

흐트러져도 괜찮아

　오늘따라 글이 써지지 않습니다. 생각이 분산되어 문장도 어지럽네요. 공항 카페에 앉아 써지지 않는 원고 앞에서 끙끙대다, 오래 묵힌 항공사 마일리지로 어디에 갈 수 있을지 검색하던 중 메시지가 왔어요.

　"윤작, 저녁에 뭐 해? 인근이면 소설가 L이랑 A 신문사 기자분들이랑 식사하는데 같이 먹자."

　처음 만나는 이들이라 어색할 거 같아 거절했는데, 오 분 뒤 다시 깜빡이는 메시지에 마음을 바꿉니다. 어차피 글도 써지지 않던 참에 노트북을 끄고, 식어버린 커피를 한 모금 더 마시고 가방을 메고 카페 문을 열고 나섰어요. 낯선 사람들을 만나는 건 좋지만 어려워요. 신선하고, 어렵기도 한 자리에 가기 위해 광화문으로 출발했습니다.

만남을 위해 길을 나서는 걸 좋아하는 건, 만남에 이르기까지의 다양한 풍경을 접할 수 있기 때문입니다. 버스 차창 밖으로 사람들이 살아가는 다양한 모습을 바라봅니다. 전화기를 뚫어져라 바라보는 사람, 감정 없이 길을 걷는 사람, 연인을 향해 환하게 웃는 사람, 아이의 손을 잡고 시장을 향해 가는 엄마, 노점에서 나물을 파는 할머니, 오토바이를 탄 남자……. 각기 다른 모습을 한 이들의 삶이 어우러져 도시 풍경이 만들어지고 있네요. 나는 이 도시에 속한 사람일까, 언저리를 떠도는 사람일까―궁금해집니다.

언저리를 떠돌며 삶을 여행한다, 궤변을 늘어놓고 있는 건 아닌지 생각하다 목적지에 도착했어요. 계절의 알싸한 바람이 코끝에 걸쳐집니다. 레스토랑에 도착하니 손님은 아직 낯선 이들 둘 뿐입니다. 분명 저들일 텐데, 먼저 아는 척하기 쑥스러워 망설이고 있는 나에게 그들이 먼저 아는 척을 해줍니다. 이내 모임에 참석하기로 한 이들이 모두 모여 식사를 합니다. 월요일 저녁 세 시간을 먹고 마시고 웃고 떠들며 흘려보냅니다. 다음에 다시 만나자 약속하고 헤어지는데 모임을 주최한 이가 우리에게 빵 봉지를 하나씩 건넵니다.

"여기가 빵이 맛있어요."

다정한 사람. 모두에게 동일하게 주어진 빵 봉지를 들고 우리는 손을 흔듭니다. 몇 시간 전까진 모르는 이름들이 아는 이름이 되었네요. 처음 만난 자리라 대화에 신경을 잔뜩 기울였나 보아요. 긴장이 풀리니 참고 있던 배의 통증이 올라옵니다. 예민한 성격 탓에 긴장하거나 낯선 이들과 식사하면 체하고 마는데, 오늘은 체했다고 말해 분위기를 깨기 어려워 참고 있었습니다. 평소라면 미리 소화제를 사 들고 왔을 텐데, 갑작스러운 만남이라 미처 소화제를 준비 못 한 내 잘못입니다. 배를 부여잡고 버스를 기다리며 내적 갈등을 합니다. 택시를 탈까, 말까. 이 정도의 아픔은 한 시간 정도는 견딜 만한 것 같은데ー 술도 취하지 않았는데 밤 아홉 시에 택시를 타는 건 사치가 아닐지 고민하는 와중에 버스가 도착했습니다.

배를 부여잡고 버스를 타고 가며, 매번 이렇게 긴장하고 체하기보다 낯선 이들 앞에서 조금 흐트러져도 괜찮지 않을까 생각해봅니다. 집으로 가려면 버스를 갈아타야 하는데, 통증은 점점 올라오고, 참을 수 없어 버스 정류장 앞

약국에 들어가 소화제를 구매합니다.

　"어머, 많이 아프신가 봐요. 제가 약 좀 까드릴게요."

　괜찮지 않은 나, 허리를 구부리고 옷매무새도 흐트러진 나는 또 다른 낯선 이가 손수 까주는 약을 받아 들고 희미하게 웃고 있어요. 그래, 다음번엔 조금 더 자연스러워지자. 있는 그대로의 모습을 보여 주어도 괜찮아. 조금 흐트러져도 괜찮아. 라고 읊조려 봅니다.

　벤치에 앉아 중얼거리는 사이 구부러졌던 허리가 펴질 만큼 통증은 줄어들고 있어요. 통증이 줄어드는 만큼, 내일은 조금 더 마음이 여유로운 사람이 되기를 바라봅니다. 집으로 향하는 버스가 왔어요. 버스를 타러 일어나는 길, 허리를 펴고 걸으며 읽던 책을 손에 꼭 쥡니다. 손에 들린 김금희 작가의 〈경애의 마음〉에 적힌 소설 글귀처럼 사는 건 누가 어떤지 판단하며 저울질하는 시소의 문제가 아니라, 상대가 어떤 사람이건 곁에서 각자의 그네를 밀며 돌아오는 것일 테니까요.

당신 참 예뻐요

당신 참 예뻐요. 당신 참 예뻐요. 당신 참 예뻐요.
당신 참 예뻐요. 당신 참 예뻐요. 당신 참 예뻐요.
당신 참 예뻐요. 당신 참 예뻐요. 당신 참 예뻐요.
당신 참 예뻐요. 당신 참 예뻐요. 당신 참 예뻐요.
당신 참 예뻐요. 당신 참 예뻐요. 당신 참 예뻐요.
당신 참 예뻐요. 당신 참 예뻐요. 당신 참 예뻐요.

있는 그대로, 충분히요.

2장   김포공항

서울시 강서구 하늘길 112번지
|
우리의 날들도 소리로 기록할까요
|
이정표를 보면 생각이 많아집니다
|
여행을 떠나지 못할 땐 뱅쇼를
|
서른이면 근사할 줄 알았는데
|
바다의 품에 안기러 갑니다
|
봄날의 바다에 마음을 털어놓습니다
|
도움받을 용기를 내보기로 합니다
|
우리는 웃고, 사랑을 하겠지요
|
하늘과 바람과 별과 시
|
뱅쇼도 끓이지 못할 땐 라테를
|
지고 나서도 아름다운 꽃
|
바다의 말

서울시 강서구 하늘길 112번지

　지하철을 탈 때면 노선도를 읽곤 합니다. 책을 읽고 싶은데 손에 들려 있는 책이 없을 때 노선도의 글자를 읽으며 위안하는 셈입니다. 아직 가보지 못한 지명들을 읽으며 부지런히 살아야 할 이유를 챙깁니다. 태어난 나라에서, 그리고 서울이라는 도시에서 아직도 가보지 못한 길이 이리도 많다는 사실이 참 고맙습니다. 가보지 못한 미지의 길이 남아 있기에 더욱 흥미롭게 살아갈 수 있으니까요. 노선도 끝쯤에 걸리는 【김포공항】을 바라봅니다. 한참을 소리 내어 읽다, 행선지를 바꾸어 이곳으로 가기로 합니다. 삶은 예측할 수 없는 일투성인데, 일상의 발걸음 하나 바꾼다고 큰일이 벌어지는 건 아니니까요. 자유롭게 삶을 여행해보기로 합니다. 오늘 하루만큼은요.

　김포공항역에 도착해 어느 출구로 나갈까 살펴보다 눈앞

에 있는 숫자 4번을 선택해봅니다. 어디로든 공항으로 가는 길은 연결되어 있을 테니까요. 한산한 출구를 천천히 나와 오른쪽으로 걸어봅니다. 노란 글씨로 SNACK이라 적혀 있는 작은 휴게음식점이 보입니다. 공항 인근에 이런 작은 음식점이 있었네요. 노란 박스테이프를 여러 번 감은 자국 위에 세로로 쓰인 차림표를 읽습니다. 청국장 오천 원, 김치찌개 오천 원, 순두부 오천 원, 제육볶음 칠천 원, 된장찌개 오천 원, 뚝불고기 육천 원, 잔치국수 사천 원, 라면 삼천 원. 식사 시간이 이미 훌쩍 지난 오후 세 시임에도 청국장 냄새가 식당 밖으로 진하게 배어나옵니다. 메뉴판을 읽는 것만으로도 배가 부른데, 백발의 사장님이 문을 열고 나와 말씀하시네요.

"추우면 안에 잠깐 들어왔다 가요."

춥지는 않았지만 이끌리듯 안으로 들어서니 더 많은 메뉴들이 있어요. 종이에 적혀 추가된 메뉴가 정겨워 두어 번 읽어 봅니다.

【 미역국 정식 (참기름, 똑) 5,000 】

마지막에 참기름을 똑, 하고 떨어뜨려 주신단 거 같아요.

배가 고프진 않지만 이끌리듯 자리에 앉아 여러 메뉴들을
발음해 봅니다. 계획된 것 없던 여행의 계획 없던 첫 끼니
네요.

잘 먹겠습니다.

우리의 날들도 소리로 기록할까요

일렬로 늘어선 택시 행렬을 지나쳐 신호등 앞에 섭니다. 인천공항보다 상대적으로 규모가 작은 김포공항 국내선 청사가 길 건너에 있습니다. 휘황찬란한 인천공항의 화려함에 주눅 들었던 쫄보는 이곳에선 마음을 놓습니다. 제주에 가기 위해 종종 드나들었으니 꽤나 친해졌거든요. 사람에게 마음의 낯을 가리는 성격은 공간하고도 이리 낯을 가립니다.

"이 공항에서 혹시 일하기 좋은 카페가 몇 층에 있을까요?"

김포공항 국내선 청사로 여행을 왔어요. 안내데스크에 상대적으로 한산한 카페가 있는지 묻습니다. 모든 층마다 카페가 있지만 4층에 있는 카페가 사람이 적을 거라는 안

내에 온 얼굴 근육을 사용해 활짝 웃으며 고마움의 인사를
건넵니다. 설레네요, 오늘 여행의 시작이. 언제나 제가 좋
아하는 여행은, 바다가 보이는 카페에서 한참을 멍 때리고
는 책을 읽다 글을 쓰는 여행입니다. 물론 다양한 도시들
을 이만 보 넘게 걸어 다니는 여행도 좋아하지만, 읽고 쓰
기 위해 머리를 비우는 여행. 아직까지는 그보다 좋은 여행
을 발견하지 못했어요. 바다로 며칠 떠날 여유 없는 요즘이
니 오늘은 공항에서 멍 때리기를 하려 합니다. 그래서 국내
선으로 왔어요. 마음을 너무 먼 곳으로 떠나보내면 돌아오
기 힘들까 봐요.

　알려준 카페로 올라와 출발하는 이들이 환히 보이는 자
리에 앉습니다. 그리도 자주 김포공항을 드나들었는데, 여
행으로 공항에 오니 이제야 이런 멋진 카페를 알게 되네요.
따뜻한 라테를 주문하고 돌아와 앉아 있는데 뒷자리의 이
야기가 들립니다. 그들의 말소리는 낮지만 잘 들려요. 카페
테이블 간 간격이 지나치게 좁은 공간에 가면 이리 다른이
에게 말소리가 새어 나갈까, 자연스레 소곤거리게 됩니다.
소곤거리는 작은 목소리에 귀를 기울이다 보면, 어쩐지 당
신이 더 친밀히 느껴져요. 몸을 조금 앞으로 굽히고, 부담

스럽지 않게 눈을 바라보고, 소소한 몸짓과 습관을 알게 됩니다. 많은 상황들은 양가적이고 양면적이지요. 붙어 있는 테이블은 다정하기 좋은 간격이기도 하지만 불편하기 좋은 간격이기도 해요. 곧 떠날 이들이 모여 있는 공간에서는요. 공항이라는 공간이 주는 흥분 덕분에 착석한 이들의 표정은 상기되어 있어. 자리를 옮길까, 말까 고민하다 그냥 앉기로 합니다. 들고 있는 기내용 캐리어를 보니 오랜 시간 머물지 않을 테니까요. 타야 할 비행기를 기다리는 남녀는 만난 지 얼마 되지 않아 보입니다. 존댓말을 쓰며 서로의 이야기를 나눕니다. 주로 남자가 이야기하고, 여자가 들어줍니다. 여자에게 잘 보이고 싶어 하는 그의 마음이 예뻐 몰래 미소 짓습니다.

"제 친구는 공항에 들어서는 순간부터 소리를 녹음해요. 카페에서의 소리, 식당에서의 소리 공항 소리를 녹음하고 비행기를 타서도 녹음해요. 여행지에 도착해서도 온갖 소리를 녹음해 여행에서 돌아와 소리들을 모아 편집해 선물해요. 여행을 기억하는 방식이 그 친구는 소리인 거죠."

그의 말소리에 순간 눈앞에 울창하게 우거진 대나무 숲

이 솨— 하고 흔들리듯 시원해집니다. 소리로 여행을 선물하다니요. 여행을 기록하는 방식이 사진도, 글도 아닌 소리라니요. 한 시절이 못 견디게 그리운 날 떠오르는 건 소리나 냄새, 같은 것들이잖아요. 남자의 이야기를 듣고 언젠가 당신과 떠날 여행에선 사진 말고 소리로 우리의 날들을 기록해보기로 합니다. 테이블 간 좁은 간격 덕분에 당신에게 주고 싶은 선물이 생겼어요. 고마운 일입니다. 그들이 일어서네요, 저는 이제 여행을 계속할게요.

이정표를 보면 생각이 많아집니다

　밥도 먹었고 커피도 마셨고 공항에 입점한 식당들도 구
경해보았습니다. 생각해보니 김포공항에서는 음식을 먹은
기억이 별로 없습니다. 집밥을 먹지 못할 걸 대비해 출발
전 잔뜩 먹어두거나, 여행지에 도착해 현지 음식을 먹고 싶
어 배고픔을 참곤 했거든. 이토록 맛있는 음식점들이 가
득한 줄 알았더라면 끼니를 거르며 쓰린 속을 부여잡지 않
았을 텐데요. 식당을 구경하다 산책이 하고 싶어져 공항 밖
으로 나옵니다. 택시를 지나, 타야 할 자동차가 있는 듯 주
차구역을 산책합니다. 언젠가 돈을 많이 벌면 타고 싶은 근
사한 자동차 앞을 지나다 커다란 안내 표지판을 봅니다.

【 출구 150M WAY OUT 】

　자동차로 나가야 하는 출구가 150M 앞에 있대요. 참 친

절하군요. 가야 할 길과 남아있는 거리를 알려주는 안내
표지판이 우리네 사는 길에도 있다면 어떨까요? 마음 다침
을 회복하기까지 몇 미터, 이별의 상처를 극복하는 출구는
저쪽에, 지루한 기다림이 끝나기까지 몇 미터. 꿈을 이루기
까지 기다려야 하는 시간이 몇 미터. 좋아하는 일을 하며
살고 있기는 하지만 늘 한 치 앞을 예상할 수 없는 삶이기
에 유독 이정표를 보면 생각이 많아집니다. 오늘 일하지 않
으면 내일의 내가 두 배로 일해주어야 하기에 하루하루를
치열히 애쓰며 살아가고 있으니까요. 근사한 한량처럼 누
워 모든 시간을 보내고 싶지만, 그리하면 나의 바퀴는 녹이
슬어 버릴 겁니다. 몽상가로 살되 현실 감각을 잃지 않고
싶습니다. 삶의 이정표를 꿈꾸되 발견되지 않는다면 출구
는 제가 만들어볼 참입니다. 마음이 아주 늙고 지치기까지
한 어느 날에야 직접 출구의 이정표를 만드는 일을 멈추겠
지요.

아마도 지금처럼, 매일 정해진 시간에 일정 분량의 글을
쓰고 웃고 때로는 울고 아파하고 다시 웃으며 사랑을 하는
일. 그것이 제게만 보이는 출구표시가 아닐까 싶습니다. 몇
미터 앞인지는 표기되지 않은 상태로요.

　어느덧 공항에도 까아만 밤이 찾아왔어요. 가만히 서 바람을 느끼기만 해도 설레는 밤입니다. 비행기는 낮게 비행하기 시작했어요. 낮게 시작했지만, 흔들리며 곧 궤도에 오르겠지요? 비행처럼 지금 우리의 작은 시작은 결코 작은 것이 아닐 겁니다. 흔들리고 안개를 지난다 해도 언젠간 궤도에 오를 겁니다. 그리고 우아하게 궤도에서 내려와, 두려움 없이 다시 출발하는 흔들림을 받아들이겠지요. 시름과 고단함도 어디로 비행할지 모르는 저 비행기에 실려 보내봅니다. 고단한 감정은 비행기를 얻어 타다 하늘에 흩어지겠지요. 까아만 하늘을 한참 올려다보며 맡는 밤공기가 참 좋습니다.

여행을 떠나지 못할 땐 뱅쇼를

프랑스어로 뱅(vin)은 와인, 쇼(choud)는 따뜻한, 이라
는 뜻으로 뱅쇼는 따뜻한 와인을 의미합니다. 유독 추운
계절에 프랑스를 다녀온 덕분에 뱅쇼만 보면 몽마르뜨 언
덕의 전경이 떠오릅니다. 사실 너무도 기대했던 장소라 그
런지 그리던 모습보다 작아 실망했어요. 한데 그 언덕에서
바라본 파리 전경은 숨 막히게 아름다웠습니다. 언제나 단
면만 보고 판단하지 말자, 하면서도 다짐은 현실의 나를
따라오지 못합니다. 한심한 녀석. 하지만 아름다운 풍경을
보고 이내 반할 줄 아는 단순한 녀석. 연신 카메라 셔터를
눌러대다 고요히 눈에 담습니다. 이곳에서 글을 쓰고 그림
을 그리던 예술가들을 생각합니다. 언젠가 노트와 펜과 책,
물 한 병 가방에 넣고 종일 파리를 쏘다니며 글을 쓰고 그
림을 그리고 있을 모습도 떠올려 봅니다. 카페에 앉아 책을

읽다 글을 쓰고, 미술관에서 그림 산책을 하고, 셰익스피어 앤 컴퍼니에서 작은 낭독회를 열기도 하고요. 낭독회가 끝나면 와인 잔을 부딪치며 낯선 이들과 웃기도 할 겁니다. 상상만 해도 웃음이 나 가슴 속이 간질간질해요. 당장 이루어질 것 같지 않아도 소망이 간절하면 어느 날 그 소망 속에 살고 있음을 믿어봅니다.

파리에서 바게트 샌드위치를 씹으며 작은 서점을 찾아 걷던 거리가 생각납니다. 시골 유럽의 작은 길목도 생각이 나요. 생각이 난다는 건, 그립다는 것이지요. 아름다운 풍경과 조우할 때, 맛있는 음식을 먹을 때, 향이 좋은 와인을 마실 때, 어울릴 것 같은 셔츠를 볼 때 당신이 생각나는 것처럼요. 그렇지만 오늘은 비행기가 뜨지 않아요. 프랑스로 가는 길을 잃었거든요. 현실과 오늘의 이정표가 프랑스로 안내해줄 그날까지 당신을 그리듯, 그날들을 그려봅니다. 축배를 들어야지요, 뱅쇼를 끓여야겠어요.

마트에서 가장 저렴한 와인을 사 옵니다. 냉장고에 사과와 배가 있어요. 계피 스틱과 오렌지도 꺼냅니다. 깨끗하게 과일을 닦고, 천천히 조심스레 과일을 자릅니다. 자른 과일의 향을 맡으니 벌써 행복해지네요. 커다란 솥에 와인 한 병을 콸콸 다 부어버립니다. 이 와인 한 병이 내 속으로 들어가는 것 같아 왠지 술고래가 된 기분인걸요. 생수를 두어 컵 넣고, 과일과 계피 스틱을 넣고 한참 바글바글 끓입니다. 20분쯤 지나니 맛있는 냄새가 온 집안에 가득해요. 뽀얀 김이 피어오르는 뱅쇼를 조금 더 끓이다 꿀을 넣습니다. 달콤 쌉싸름한 뱅쇼의 따뜻함이라니. 하루치 행복이 이 잔에 담뿍 들어 있네요.

서른이면 근사할 줄 알았는데

평일 이른 새벽 공항 공기는 고요하고 차분합니다. 떠나고 돌아오는 흥분과 피곤으로 들썩이던 보통 날과는 조금 달라요. 반질하고 깨끗하게 닦인 바닥을 밟으며 티켓 발권을 합니다. 조금 이르게 도착한 공항에 앉아 여행객들을 맞이합니다. 들어오는 모든 이들에게 인사를 건네고 싶은 아침입니다. 가벼운 발걸음으로 공항을 거닐다 카페에 들어갑니다. 샌드위치와 라테를 주문하고 앉으니 젊고 앳된 이가 노트북에 빠져들어 갈 것처럼 일을 하고 있네요. 제주에서 해야 할 일이 있는 걸까요. 제주에 가기 전에 해야만 하는 일이 있는 걸까요. 그를 보니 스물아홉의 제가 떠오릅니다. 기대했던 서른의 나, 와는 달라도 한참 다른 현실을 인정하기 어려워 도망치듯 제주로 떠났던 그날의 세가 저런 눈빛이었을까요. 떠나면서도 불안해 공항 카페에서 노트북을 노려보며 글을 쓰고, 흐르는 사유를 한 문장이라도 놓칠세라 바지런히 기록했습니다. 서른의 나는 이러면 안 되는 거잖아요. 서른은 한심하고 찌질한 이십 대의 나보다 조금은 더 근사해야 하지 않겠어요? 그래도 서른이 되기 전엔, 서른이 되면 근사할 것이라는 희망이라도 있었는데 이젠 희망도 사라지는 거잖아요. 말도 안 돼요.

잔뜩 실망스러운 스물아홉을 포근히 안아준 건 제주 협재 바다였어요. 공항에서 노트북을 노려보던 나는, 협재에 머물며 한 번도 글을 쓰지 않았습니다. 대신 죄책감 없이 마음껏 게으르고, 유유자적했죠. 커피 한 잔 사 마시러 옆 동네 금능 해변까지 천천히 걸어가 다시 걸어오는 일에 한나절을 보냈습니다. 늘어지게 빈둥거리다 비양도로 들어가는 버스를 타기도 했어요. 작은 섬을 뱅뱅 돌다 보말 죽을 사 먹으며 뜨끈해진 배를 붙잡고 돌아오는 배 안에서 평온하고 소소한 행복을 주워왔습니다. 미술관에 가기 위해 버스를 타고 졸다 정류장을 놓치기도 하고, 길을 잃은 그곳에서 다시 여행을 시작하기도 했습니다. 어떤 실수를 하건 자연스러웠어요. 그리 시간을 보내고 바다에 돌아와서야 여전히 시시하고 찌질한 서른이 오고 있음을 자연스레 받아

들였습니다. '받아들였습니다.'는 7음절에 마침표를 찍기까지 한 달에 한 번씩 제주를 드나든 건 안 비밀입니다. 그 뒤론 자신에게 실망스러울 때마다, 삶에서 도망치고 싶을 때마다 제주에 갑니다. 매년 열병처럼 앓곤 했던 신춘문예 시즌의 열기도 제주에서 쓴 소설로 가라앉혔습니다. 그와 헤어지기로 마음먹고 이별 여행을 떠났다 돌아와 다시 사랑을 이어가기도 했습니다. 바라는 것 없이 갈 때마다 제주는 그리도 많은 다정과 치유를 제게 주었습니다.

찌질하고 시시하더라도 오늘 하루를 재미있게 살자, 그래도 마흔이 되면 더 근사해질 것이란 희망 따윈 가지지 말자, 여행이 일상이 된다면 역시 지루해질 테니 일상을 여행하듯 살아보자, 생계를 위해 써야만 하는 글 말고 쓰고 싶은 글의 비중을 늘려보자, 이런 다짐들을 바다와 함께 했어요. 그렇다면 마흔의 나는 일상을 여행하듯 재미있게 살며 쓰고 싶은 글을 쓰며 살아가는 행복한 삶을 살고 있을 테니까요. 형체 없는 근사함보다 살고 싶은 삶을 살아가는 나를 상상하며 바다에 뜬 해만치 해사한 웃음을 지었습니다.

기분이 좋습니다. 오늘 같은 내일을 상상하면서요.

바다의 품에 안기러 갑니다

비행기가 하강하며 잠에서 깹니다. 최대한 많은 시간을
제주와 보내고 싶어 잠을 설쳐가며 비행기를 탄 덕에 짧은
시간 숙면을 취했습니다. 나른함에 기지개를 켜고 창밖을
내다봅니다. 낮은 집들과 바다가 보입니다. 홀린 듯 제주를
눈에 담으며 원고 뭉치가 든 가방을 끌어안습니다. 가진 짐
에서 가장 중요한 녀석이니까요.

캐리어를 끌고 제주공항 밖을 나가는 순간은 데이트를
앞둔 연인을 기다리는 마음과 같습니다. 당신이 저 앞에
서 있는 거예요. 보고픈 마음에 자리에 앉지도 못하고 서
성이다 주머니에 손을 넣고 종종거리며 문이 열리는 순간
만 기다리는 거죠. 드디어 도착한 사랑하는 연인을 와락,
안아주는 당신처럼 제주는 바닷바람을 보내어 나를 안아
줍니다. 바다의 넓은 어깨에 기대어 쉬라고, 아무 걱정하지

말고 편안히 안겨 쉬기만 하라며 인사를 건넵니다.

　책을 완성하는 작업 과정의 끝에는 늘 바다가 있습니다. 초고가 끝나면 프린트해 바다로 달려갑니다. 바다에게 응석을 부리듯, 바다의 품에 안겨 퇴고를 봅니다. 제가 가장 좋아하는 작업의 과정이기도 합니다. 해서, 원고 계약서를 쓰자마자 탈고 가능한 일자를 세어 제주행 비행기 티켓을 예약해둡니다. 이날까지는 어떻게든 탈고를 해야 제주에 갈 수 있으니, 글 쓰지 않고 봄꽃을 보며 하루 종일 거닐고 싶은 욕망도 잠재웁니다. 시집과 소설 두어 권 들고 커피 향이 나는 카페에 틀어박혀 있고 싶은 욕망도 잠재웁니다. 어느 날은 종일 누워 잠만 자고 싶은 욕망을 잠재울 때도 있고, 글을 쓰기 위해 컨디션을 유지하는 건강한 생활 패턴을 흩트리고 싶은 욕망도 잠재웁니다. 탈고 여행을 위한 제주행 티켓은 이리도 신비한 마력이 있습니다. 글 쓰지 않고 한없이 게을러지고 싶은 나를 어르고 달래어 줍니다. 제주에 가야 하니까요. 내가 보고 싶어 해야 할 일을 숨도 쉬지 못하고 끝내고 있는 당신처럼요. 그리고 당신을 만나기 위해 잠을 쪼개어 가며 달려가고 있는 나처럼 바다를 만나기 위해 성실한 문장 노동자의 삶을 반복합니다.

　　하루 종일 바다를 쏘다니다 원고 뭉치를 꺼내어 한 글자 고치고, 몇 장을 읽다 지루해지면 다시 바다를 쏘다닙니다. 가파도 청보리밭을 보러 들어가는 배 안에서 몇 문장 고치고, 청보리밭이 솨아- 하는 소리를 한참을 듣습니다. 보리밭이 흔들리는 물결이 문장의 파도가 밀려오는 느낌입니다. 싱그러운 그 풍경을 가득 담아 자장면 집으로 들어갑니다. 식사 시간이 오기 전이나 넘긴 후에 식당에 가는 걸 좋아합니다. 기다리지 않고 조용히 식사하는 호사를 누릴 수 있으니까요. 오늘은 해물 자장면을 먹기로 합니다. 검고 윤기 나는 반질반질한 면을 쉼 없이 후루룩후루룩 밀어 넣습니다. 배를 채우니 졸려요. 나른한 기운으로 원고를 꺼내어 몇 문장 고쳐봅니다. 이제 섬으로 나갈 시간이네요. 내일은 종일 바다에 있으렵니다. 하릴없이 모래알을 세어보다 몇 문장 고치고, 바다 바람을 맞을 수 있는 노천 테이블에 앉아 또 고치면서요.

봄날의 바다에 마음을 털어놓습니다

　봄날의 바닷가는 운이 좋으면 따뜻하고, 운 나쁘면 혹독하게 바람이 시립니다. 제주는 남쪽이니 당연히 따뜻하겠지, 하고 왔다 세찬 바람에 오들오들 떨기도 했습니다. 다음 해 봄날의 제주엔 캐리어에 전기장판을 차곡차곡 담고 경량 패딩까지 두 개나 들고 갔지만 너무도 따뜻해 얇은 옷 하나 입고 기분 좋게 거닐기도 했습니다. 종잡을 수 없는 바다의 봄날이 꼭 제 마음 같아요. 근사한 성취를 이루고 싶지만 노력하긴 싫고, 열심히 살긴 싫은데 쪽팔리게 사는 건 더 싫고, 아무 일도 안 하고 놀고 싶은데 쉬지 않고 새로운 일을 하고 있는 저요. 한량처럼 하릴없이 시간을 보내고 싶은데 매일 그러는 건 지루하고, 새로운 일을 시도하고 싶은데 두렵기도 한 마음을 가진 저 같아요. 하루 차이로 마음의 온도가 오르락내리락 합니다.

　정신적으로 자유로워지는 방법 중 하나는 내재된 욕망을 솔직하게 인정하는 것이라 생각합니다. 흔히들 욕망을 타인에게 표출하거나, 솔직히 인정하면 재수 없어 보일까 봐 일부러 착한 척, 욕망 없는 척, 욕심 없는 척하기 일쑤입니다. 한데 감추려 해도 표가 납니다. 무엇을 원하는지 환-히 보이는데 손사래 치며 겸손한 척하기보다 솔직하게 욕망을 드러내며 미래를 이야기 하는 이가 오히려 더 투명하다 느껴집니다. 원하는 것이 있는 게 뭐가 어때서요. 타인의 시선에 신경 쓰고 눈치 보느라 급급해 정작 중요한 내 속이 타들어 가는걸요. 어디에 말할 데 없으면 바다에게라도 마음껏 욕망을 이야기해 주고 오는 거예요.

　일하지 않고 놀고 싶어요, 재미있게 살고 싶어요, 예뻐지고 싶어요, 사람들이 나를 좋아했으면 좋겠어요, 내가 좋아하는 그 아이가 고백했으면 좋겠어요, 우리 사랑하게 해주세요, 우리 엄마 아빠 건강하게 해주세요…. 먼저 다녀간 이들의 욕망과 당신의 욕망이 파도에 섞여 누구의 소망인지도 모르게 바다로 흘러갑니다. 가장 먼저 닿는 이의 소망부터 차례차례 이루어 주지 않을까요. 마음껏 욕망하렵니다. 삶의 기쁨과 슬픔, 그리고 소소한 행복들까지도요. 그리하여 살아있을 때 살아있는 삶을 살렵니다. 비록 오늘은 전기장판까지 싸 오며 건강을 욕망하는 미련한 나,이지만 요, 내일은 하루치 더 근사해질 겁니다. 소소한 하루의 행복을 느낄 줄 아는 마음이 살아있는 삶을 욕망하니까요. 자신을 인정하고 솔직해지는 것. 그리하여 생긴 밝고 생생한 기운으로 욕망을 현실로 실현하는 모습을 보여주세요. 상상하던 일들이 눈앞에 펼쳐지는 기쁨을 나누어 주세요. 봄날의 바다는 이런 기쁨을 실현시킬 수 있도록 용기를 주는 거 같아요. 이 앞에서 서 결정하는 순간부터 바다는 응원을 시작해줍니다.

도움받을 용기를 내보기로 합니다

혼자이고 싶은데 혼자이긴 싫습니다. 외롭고 싶은데 극심하게 외롭긴 싫습니다. 이러지도 저러지도 못하는 우유부단한 내가 참 싫지만, 더 싫은 건 힘들어도 괜찮은 척 웃고 있는 나입니다. 광활한 우주에 혼자 버려진 것만 같은 날, 하염없이 길을 걷는데 술 한잔 사 달라 말할 수 있는 이 하나 떠오르지 않습니다. 전화번호부에는 수백 명의 전화번호가 저장되어 있지만 대부분 목소리를 잊은 지 오래된 사람들의 번호입니다. 카카오톡 프로필을 내려 봅니다. 인사 한번 건네지 못한 당신들, 내가 여기 있는 걸 알까요? 우리가 이리 작은 끈으로 연결되어 있다는 걸 알까요. 한숨을 쉬며 전화기를 떨구다 문득 "힘들 때 도와 달라고 말할 수 있는 용기가 진정한 용기가 아닐까?"라는 생각이 듭니다. 좋아하는 친구가 힘든 시간을 혼자 겪어내고 나서야

핼쑥한 얼굴로 "실은, 내가 너무 힘든 일이 있었어."라고 말
할 때 조금은 서운하고 많이 마음 아팠습니다. 말하지 않
았다고 알아차리지 못한 나의 둔감함이 밉기도 했습니다.
그래요, 친구들에게 용기를 내어 말을 걸어봅니다.

　용기를 낸다는 건 참으로 대단한 일입니다. 메시지를 보
낸 이에게 받은 답장을 떠나, 힘든 마음을 털어놓을 상대
가 있다는 사실 하나만으로도 광활한 우주에 홀로 떨어진
내가 빛이 있는 세상으로 건져 올려진 기분이 듭니다. 아
주 잘했어요. 뜨신 밥을 사주며 이야기를 들어줄 이가 내
게도 있네요. 버려진 것처럼 외롭던 감정은 아마도 마음을
열지 못해 차갑던 나 때문인 것 같습니다. 마음을 다해 대
하지 않으니 상대방 역시 일부분만 내어 주었을 테지요. 온
마음 다해 뜨겁게 사랑하지 않았으니, 상대방도 외로웠을
겁니다. 힘들고 아픈 이야기를 꺼내지 않으니 부담 주지 않
으려 고단함을 표 내지 않았을 것입니다. 웃고 있어도 눈썹
끝에 걸린 눈물을 외면해 주는 당신의 마음도 편치 않았을
텐데 말입니다.

　힘들면 힘들다,

아프면 아프다,

보고 싶으면 보고 싶다,

이야기해야 합니다. 말하지 않아도 알아주는 것은 한계가 있습니다. 해야 할 말을 하라고 우리에겐 언어가 있지요. 정작 도움이 필요하고 힘들 때 혼자 꾹꾹 참는 건 미련함입니다. 물론 타인을 도와주는 마음보다 도움받는 용기가 더 큰 용기일 만치 어렵습니다. 어른이 되면 의젓해져야 한다는 공식이 있는 것도 아닌데 우린 슬픔을 안으로 삼키는 법을 먼저 배웠나 봅니다. 습관적 의존이 아닌, 가장 도움이 필요할 때 손을 뻗는 용기를 내보기로 해요. 우리 모두 '아이언 맨'이 될 순 없지만, 용기 있는 사람이 삶을 변화시키고 더 잘 살아갈 수 있으니까요. 악당들에게 지구를 지키는 '아이언 맨' 말고, 내 마음을 지키는 '아이언 맨'이 될 참입니다.

우리는 웃고, 사랑을 하겠지요

    제주공항을 나서자마자 느껴지는 바다의 짠 내음은 코 끝에 걸려 이제야 익숙한 냄새가 되었는데 돌아가야 합니 다. 제주공항에서 김포공항으로 향하는 비행기를 타러 올 때면 늘 마음부터 미적거립니다. 렌트카 반납 시간도 최대 한 비행시간에 가깝게 잡아 두고, 조금이라도 바닷바람을 더 맡으려 애를 쓰며 공항으로 향합니다. 촉박하게 렌트카 를 반납하고 비행기 티켓 발권을 하고 수속을 마치고 어슬 렁어슬렁 걷습니다. 원래도 걸음이 느린데 집으로 돌아가 는 비행기를 타러 가는 발걸음 한쪽은 토끼뜀을 뛰듯 빠르 고, 한쪽은 거북이 마냥 느립니다. 토끼와 거북이가 한 몸 안에 갈등하는 동안 눈은 기념품을 바라봅니다. 초콜렛을 사갈까, 우도 땅콩 막걸리를 사갈까? 귤을 한 박스 보낼길 그랬나— 오메기떡이라도 살걸 그랬나. 마트에서 사 먹는 귤

도 제주에서 난 것이고, 제주에서 무겁게 박스 채 사 가는
귤도 제주에서 난 것인데 소중한 이들을 위해 부러 무겁게
귤을 몇 박스씩 들고 가는 이들을 바라보며 지금이라도 전
화 주문으로 귤 박스를 보낼까, 생각을 합니다. 종종 마음
보다 행동이 한 박자씩 늦습니다.

벅찬 여행을 했더라도 집으로 돌아가는 공항에 들어서
면 두고 온 이들이 그립습니다. 그리운 마음을 선물로 표현
하고 싶은 마음은 누구나 같다 봅니다. 출국 게이트 인근
매장에서 초콜렛을 여러 박스 사던 기억, 지역 이름이 새겨
진 기념품 티셔츠를 사던 기억, 머리끈이나 땅콩 같은 것들
을 사던 기억이 납니다. 어차피 크게 쓸 곳 없는 기념품들
이지만 우리는 여행했던 순간의 기쁜 추억을 선물하며 기
쁩니다. 선물이란 받는 기쁨도 크지만, 주는 기쁨도 큽니
다. 선물을 고르며 당신과 어울릴지 고민하고, 생각보다 당
신에 대해 아는 게 없다는 사실도 알게 됩니다. 당신이 좋
아하는 것이 무엇일지 생각하다 보니 제가 좋아하는 것들
만 떠오릅니다. 그러고 보니 당신은 그간 제가 좋아하는 것
들로만 우리의 시간을 채워 주셨군요. 당신에게 줄 선물을
고르며 제가 선물을 받았네요. 제가 이리도 둔하고 느립니

다. 소리 없는 당신의 배려를 생각하며 세심히 선물을 골라
봅니다. 선물을 받는 당신이 지을 미소를 생각하며 온몸이
따뜻해집니다.

　사실 present란 영어단어는 여러 뜻이 내포되어 있습니
다. 현재, 지금이자 선물이라는 뜻으로 함께 사용됩니다.
지금 이 순간이 선물인 셈이지요. 당신을 생각하며 선물
을 고르는 오늘이 너무도 예뻐 보입니다. 오늘이라는 선물,
행복이라는 선물을 받았으니 이보다 좋을 수 없습니다. 안
내 방송이 들리네요. 이제 두 발은 동일하게 빠른 걸음으
로 속도를 맞춥니다. 조금만 기다려 주세요, 당신의 선물과
아름다운 오늘이라는 선물 안고 돌아갈게요. 우리는 웃고,
사랑을 하겠지요.

하늘과 바람과 별과 시

밤 비행기는 고요하고 고요합니다. 분주히 비상하고, 식사와 음료가 오간 후 승객들은 잠들고 비행기는 별과 가까운 하늘을 바람 타고 날아갑니다. 가끔 아름다운 순간이 찾아올 때 비현실적이라 느껴집니다. 짧은 순간 너무도 고요하고 평온하고 아름다워서 고단한 생과 같은 면 안에 있다는 사실이 믿어지지 않습니다. 밤 비행기에서 고요히 청년 윤동주의 시를 읽는 지금 같은 순간에 말입니다. 가슴속으로 그의 시어를 따라 나의 별을 세어 봅니다.

가슴 속에 하나둘 새겨지는 별을
이제 다 못 헤는 것은
쉬이 아침이 오는 까닭이요,

내일 밤이 남은 까닭이요,

아직 나의 청춘이 다 하지 않은 까닭입니다.

별 하나에 추억과

별 하나에 사랑과

별 하나에 쓸쓸함과

별 하나에 동경과

별 하나에 시와

별 하나에 어머니, 어머니.

- 〈별 헤는 밤〉, 윤동주

뱅쇼도 끓이지 못할 땐 라테를

아름다웠던 여행은 생활 앞에서 무력하게 빛을 잃어가다 숨이 턱 끝까지 막힐 때 꺼내어 보면 환해집니다. 삶의 스텝이 꼬이거나 행복한 추억도 힘을 잃고 뱅쇼도 끓이지 못할 땐 라테를 주문합니다. 제아무리 삶의 고단함이 몰려올지라도 라테를 주문하러 들어가는 순간부터 나는 서서히 행복해집니다. 마음의 대나무 숲이 열릴 테니까요.

고소한 라테를 받아 들고 마시는 첫 모금에 서서히 번지던 행복이 완전히 펴집니다. 온몸으로 번지는 라테의 생기에 어깨에 걸린 무거운 짐 내려놓고, 한숨도 다시 들이쉽니다. 세상 가장 편안하고 한가한 사람처럼 책을 뒤적이기도 하고, 핸드폰을 만지작거리고, 글을 끄적이기도 합니다. 커피콩을 볶는 향까지 나 준다면 더할 나위 없이 좋아요.

눈을 감고 여수 밤바다에서 마시던, 부산의 밤 해변에서 마시던, 통영의 동백꽃을 바라보며 마시던 풍경을 그려봅니다. 파도 소리가 듣고 싶어요. 사진첩에서 노을 지는 말리부 해변을 촬영해둔 영상을 보며 라테를 한 모금 마십니다. 아니 아니, 여기는 베니스 플로리안 카페에요. 괴테와 니체가 커피를 마시던 자리가 이쯤일까요.

산마르코 광장을 가로지르듯 남은 라테를 테이크아웃해 광장을 걷습니다. 여기가 여행지일까요, 그편이 여행지일까요. 아득해집니다. 라테를 주문하는 순간 일상은 여행이 됩니다. 마음먹은 대로 되지 않는 일들만 가득한 시대에, 일상 여행의 문을 열어주는 키를 제 손으로 쥐고 있는 행운만큼은 가지고 있습니다. 마음먹은 대로 잘될 겁니다. 생각하며 라테를 마시기 전 고단함은 냅킨과 함께 쓰레기통에 버리고 옵니다.

지고 나서도 아름다운 꽃

여수는 비행기를 타고 딱 한 번 가보았습니다. 청춘의 신열이 가라앉지 않던 날에, 비행기를 많이 타보지 않아 "국내선 탈 땐 신발 벗고 타야 해." 소리에 크게 웃지도 못하던 시기였어요. 동백꽃 때문에요. 오동도 동백군락지를 당장 보고 오지 않으면 숨이 넘어갈 듯 답답했어요. 왜 꼭 동백꽃이 보고 싶었나 몰라요. 덩어리째 떨어진 빠알간 꽃이 있어도 좋고, 새빨갛고 탐스럽고 단단하게 핀 꽃을 보아도 좋겠다 싶었어요.

무작정 일박 이일, 그러나 내일 돌아오지 않을 것처럼 비행기를 탑니다. 비행기에서 내리자마자 동백꽃을 보러 달려갑니다. 동백을 보러 가는 길의 마음은 이미 꽃밭입니다. 사랑하는 이를 만난 마냥 그리움과 다정이 넘칩니다. 꽃들이 지는 계절에 홀로 우수이 피어 있는 꽃을 바라보며 울음 대신 꽃송이에 설움을 떨치고 옵니다. 청춘은 왜 이리 시도 때도 없이 아픈 건지요. 얼마나 더 어른이 되어야 눈물을 멈추고 삶의 춤을 추며 웃을 수 있을까요.

한참 동백 꽃길을 걸으며 꽃에 취하고, 초록 잎의 싱싱함에 취하다 식당으로 향합니다. 상다리 부러지게 나온 반찬을 하나도 빼지 않고 맛봅니다. 식기는 비어가고 시장기는 채워지고 배는 볼록 나왔고, 마음은 배보다 더 많이 부릅니다.

괜스레 예쁜 말로 마음을 채우고 싶어 친구에게 묻습니다. "나를 꽃으로 비유하면 어떤 꽃 같아?" 다정한 친구는 망설임 없이 대답합니다.

"너는 꽃으로 비유하자면 동백꽃 같아."

순간 다시 여수가, 동백이 떠오른 건 친구의 말 덕분이었습니다. 기분이 좋아져 낯간지럽지만 이유도 묻습니다. 차가울 때 홀로 피는 동백은 꽃이 피어있지 않아도 사시사철 나뭇잎이 빛나 아름답다 합니다. 한 겹씩 잎이 지는 게 아니라 덩어리째 떨어져 지고 나서도 아름다운 꽃이니, 외로워도 슬퍼도 웃으며 꽃 피우려 하는 나와 닮았다 합니다.

하하. 고마움에 얼굴이 동백만치 붉어집니다.

외로움과 슬픔과 기쁨이 한데 모여 인생이라는 꽃을 피
운다 생각합니다. 해서, 아름답지 않은 순간에도 아름다움
을 찾아봅니다. 그럼, 정말 아름다운 순간이 되어버리니까
요. 아름답지 않은 순간에도요. 제아무리 차가운 바람이
불어도 꽃을 피우는 동백처럼 꽃이 필 순간을 상상하며 견
딥니다. 아름다운 생각을 한 마음은 글이 되고 표정이 되
고 나이테가 될 테니까요. 고단한 삶 속에 동백꽃 같다 불
러주는 이 덕분에 오늘도 좋은 밤입니다. 오늘의 고민은 내
일의 시간에게 맡기며 일단 오늘은, 꽃을 안고 꽃 표정으로
잠이 듭니다.

바다의 말

당신 참 멋져요. 당신 참 멋져요. 당신 참 멋져요.

당신 참 멋져요. 당신 참 멋져요. 당신 참 멋져요.

당신 참 멋져요. 당신 참 멋져요. 당신 참 멋져요.

당신 참 멋져요. 당신 참 멋져요. 당신 참 멋져요.

당신 참 멋져요. 당신 참 멋져요. 당신 참 멋져요.

당신 참 멋져요. 당신 참 멋져요. 당신 참 멋져요.

지금 그대로, 충분히요.

3장 고속터미널

보물찾기가 하고 싶을 땐 고속터미널 지하상가로 갑니다

재미있어 살 것 같아요

심심할 자유를 허락해 주세요

근사한 나이테를 가졌네요

흩날리는 매화 향기에 취하고

함께이지 않지만 함께입니다

온기는 나누는 거라 했습니다

추억의 반은 맛인 거죠

프리지아 꽃 한 다발

나도 싱그럽고 싶어요

이제는 웃기도 하네요

어른이란 건 참으로 시시합니다

당신 참 고마워요

보물찾기가 하고 싶을 땐
고속터미널 지하상가로 갑니다

유독 심심한 날, 고속터미널 지하상가에 놀러 갑니다. 만원짜리 몇 장 들고 고속터미널 지하상가에서 쇼핑을 하고, 실컷 눈요기도 합니다. 어느 계절에 가도 바지 한 장에 만원, 니트 한 장에 만 원, 티셔츠 한 장에 오천 원짜리 아이템들이 가득합니다. 긴 통로로 이루어진 지하상가 쇼핑센터를 뱅글뱅글 돌다 보면 신세계입니다. (백화점 이름 말고 진짜 신세계요.) 서점도 있고, 영화관도 있고, 옷과 신발 액세서리 매장 사이에 그림 액자도 팔고, 이불도 팔고, 방석도 팔고, 화장품도 팔고, 인테리어 용품도 팔고, 사주도 봐주고, 마사지 샵도 있습니다. 꽃집도 있고, 속옷도 팔고, 커피도 팔고, 맛있는 음식들도 팝니다. 길고 긴 한 바퀴를 돌다 보면 얇은 주머니도 부끄럽지 않습니다. 아무것도 사지 않아도 이 많은 물건들을 보고 있자면 이미 충만한 기분이 듭니다.

　많은 유동인구가 유입되는 고속터미널은 지하철과 시외버스터미널과 백화점과 호텔과 상가가 밀집해 있습니다. 지하철도 무려 3호선, 9호선, 7호선의 3개 노선이 다니고 시외버스도 경부선, 영동선, 호남선이 운행됩니다. 평일 한낮에 지하철에서 나와 고속터미널로 가기 위해 백화점을 통과하면 왠지 아주 부자가 된 기분입니다. 여유롭게 쇼핑을 하고, 우아하게 호텔 라운지에서 커피를 마시는 상상을 해 봅니다. 생각하니 간지럽네요. 큭큭. 사실 조금 우울한 날입니다. 큰 이유 없이 작은 우울이 모여 한 덩이의 우울이된, 그런 날이 있잖아요. 우울한 기분은 그런대로 견딜 만합니다. 우울한 상태에서 글을 쓰면 아주 딥한 글이 나오거든요. 다만 우울함이라는 감정을 오래도록 방치하면 몸까지 쑤시게 됩니다. 몸이 쑤시니 짜증이 나고, 짜증이 나니 한껏 날카로워져요. 베일 것처럼 날카로운 날, 엄한 화를 방출하지 말고 사람도 많고 물건도 많아 정신없는 고속터미널로 옵니다. 꼭 어디를 떠나거나, 쇼핑을 하지 않더라도 아름다운 자태를 뽐내는 물건들과 사람 구경에 우울도 어리둥절해 합니다.

백화점 지하 식당가를 거닐어 봅니다. 군것질을 좋아하고, 초콜릿을 좋아합니다. 케이크는 그닥 좋아하지 않지만 가끔 먹으면 맛있고 빵도 잘 먹어요. 아이스크림은 뭐, 두말할 것 없이 좋아하죠. 식품관 디저트 코너를 산책합니다. 몽슈슈 도지마롤을 사기 위해 줄을 서던 날도 있었는데, 지금은 한산하네요. 좋아해 한 박스를 사면 아껴 먹는 로이스 초콜렛을 한참 바라봅니다. 먹을까요, 말까요. 살까요, 말까요. 지금 사면 박스째 먹어버릴 것 같아 더 걸어보기로 합니다. 자태도 어여쁜 케이크와 화과자 매장을 지나 사람들이 줄 서 있는 매장을 기웃거려 봅니다. 앙버터 스콘이 자태 곱게 기다리고 있네요. 버터와 크림과 단팥과 스콘이라니. 어찌 맛이 없을 수 있겠어요! 침을 흘리며 바라보다 이번엔 치즈케이크가 보입니다. 그 근처엔 고소하고 바삭한 크로와상이 보여요. 와, 저쪽엔 주먹만 한 초코쿠키가 있어요. 침이 고입니다. 두 눈과 고개는 주책없이 왔다 갔다 하며 무얼 먹을지 진지하게 고민합니다. 결국 눈에 보이는 아름다운 달다구리들을 모두 먹어도 살찌지 않는 체질이라면 얼마나 좋을까, 살찌지 않는 체질로 몸을 만들려면 어찌해야 할지 고민하기에 이릅니다.

　팔짱을 끼고 심각한 표정으로 디저트 매장을 서성이는 저이는, 아까 우울했던 그이가 맞는데 다르네요. 자잘한 우울들은 어디 가고 이토록 열렬히 디저트를 고르고 있어요. 지난 우울과 치유의 흔적은 앙증맞게 배와 팔뚝과 허벅지에 달라붙어 있습니다. 그나저나, 대체 이 중에 무얼 골라야 한단 말인가요. 너무도 가혹하고 달콤한 세상입니다. 이곳은.

재미있어 살 것 같아요

"와, 재밌어 미치겠네! 재밌어 죽겠어!"

고속터미널 여행을 하고 돌아오는 길에 무의식적으로 지금 하고 있는 작업이 너무도 재미져 혼자 중얼거리다 흠칫 놀라 입을 막았어요. 재미있는데 미치겠다니요! 한창 재미있는데 억울하게 죽다니요…!

숨 쉬듯 일하고, 자면서도 작업하고, 깨어 있는 시간 내내 작업 생각만 할 정도로 열렬하게 일을 애정합니다. 다행히도 읽고 쓰는 걸 최고의 취미로 여기는 덕분에 혼자 글 쓰는 시간이 보장된 삶이 아름다운 행복이라 여기며 살아갑니다. 때문에 눈 떠 있는 시간 내내 작업하는 것이 힘들다 생각되지 않고 세상 재미있어요. 한데 이리도 재미있는 일을 두고 중간에 미쳐버리거나 사라지다니요. 아니, 절대 아니 됩니다.

　"와, 재미있어 살겠네! 진짜 살겠네. 정말 살겠어! 아주 살겠어!"

　말하는 대로 생이 길을 이끌어 주는 힘을 아니까, 이제 부터는 미치도록 재미있어 소름끼칠 땐 이리 말하리라 다 짐해 봅니다.

　재미있어, 아주 살겠어요. 참말로 살겠어요.

심심할 자유를 허락해 주세요

　(앞에서도 이야기 했지만) 빼곡하게 글자가 적힌 원고와
의 연애가 끝나면 초고를 프린트하거나 제본해 섬으로 떠
나는 퇴고 여행을 합니다. 하루 종일 바닷가 앞 카페에서
작은 토씨 하나 바꾸고, 반복되는 단어를 지우고 삭제할 내
용과 추가할 내용을 적습니다. 바다를 보고, 원고를 보다,
배가 고프면 아무 식당에나 들어가 밥을 먹습니다. 운이 좋
으면 맛이 있고, 운이 나쁘면 그저 그렇습니다. 다행인 건
허기가 폐부를 찌를 때에야 밥을 먹어 맛이 없다 느낄 순
없습니다. 배고프면 돌도 씹어 먹는다잖아요. (다행히 아직
돌은 씹어 먹어보질 못했습니다.) 천천히 여행지의 길을 걸
어 간판에 적힌 글자를 읽으며 맛을 상상합니다. 검색하지
않고 수고를 들여 식당을 찾거나, 내 발로 마음에 드는 카
페를 발견하는 일은 원고 생각으로 가득 차 있던 머리를 가

볍게 만들어 줍니다.

퇴고 여행에서 가장 중요한 포인트는 아무 일정도 잡지 않고 충분히 심심할 자유를 주는 것입니다. 오전에 원고를 고치다 오후에 일하기 싫어지면 무작정 잠을 자기도 하고, 가고 싶은 여행지에 찾아가기도 합니다. 제게 있어 퇴고 여행의 의미는 책을 쓰느라 수고한 자신에게 주는 여백이자 숨구멍입니다. 그리고 뜨겁게 연애하듯 썼던 원고를 세상에 내보내기 위한 이별 여행이기도 합니다.

섬으로 갈 시간이 허락지 않을 땐 강원도로 갑니다. 강릉에서 순두부 한 그릇 후루룩 마시고 안목항 커피 거리의 한가진 카페에서 글을 씁니다. 그리고는 양양 서퍼 비치에 가 구릿빛 피부의 서퍼들 인근에 자리 잡고 원고를 고칩니다. 것도 질리면 주문진 바닷가에서 하루 종일 나무 그네를 탑니다. 시간이 무한정 허락된 사람처럼 나무 의자에서 발을 동동 구르고 있노라면 깃털처럼 가벼워집니다. 이대로 날아갈 것 같아요. 휘발된 단어들은 바닷바람을 타고 다시 내게로 돌아옵니다. 심심할 자유를 허락해 주세요. 심심할 자유야말로 창의적 작업으로 가는 지름길이라 생각해요.

근사한 나이테를 가졌네요

#1.

- 저는 쉰둘이에요.

- 오십이 넘으면 어때요?

- 아주 편해요. 애들도 다 크고, 저는 요즘이 제일 편해요.

(형, 제일 편한 사람이 요즘 집에 그렇게 안 들어가? 깔깔)

- 열심히 사시면 저처럼 오십을 넘을 수 있어요.

- … … …네, 열심히 살아볼게요.

#2.

- 지금 회사는 정년이 몇 살까지인가요?

- 정년이요? 육십이요.

- 정년을 채우는 게 좋은 건가요?

- 글쎄요, 저도 요즘 생각해요. 그게 후배들에게 좋은 일인가.

- 정년을 채운 분들이 계신가요?

- 작년에 한 분 계셨어요.

가을바람은 산들거리고, 당신들과의 대화도 마음에 남습니다. 늦가을에 광장에서 만난 당신들은 좁은 텐트 안에서 맥주와 굴튀김을 사이에 두고 있습니다. 당신들의 근사한 나이테가 궁금해 묻습니다. 그 나이테에 들어 있는 고민과 오늘 나의 나이테에 든 고민을 함께 바라봅니다. 열심히 살면 쉰둘이 될 수 있다는 당신의 이야기에 진지하게 끄덕거립니다.

그래요, 열심히 살지 못하면 쉰둘에 이를 수 없지요. 열심히 살아 내야, 쉰둘에 이를 수 있어요. 근사한 나이테를 꿈꾸는 나의 나이테는 아직도 얇습니다. 울고 웃고 넘어지고 다시 일어서고. 인생이라는 소중한 접시가 깨지더라도 조각들은 빗자루로 쓸어버리고 다시 접시를 만들기 시작하다 보면 나도 당신처럼 쉰둘에 이를 수 있겠지요? 그냥 쉰둘 말고, 오늘이 가장 좋은 쉰둘이요.

삼성동 광장에 깔린 잔디에 앉아 굴튀김을 입에 넣고 오물오물 씹으며 생각합니다. 이 공간 지하 서점에 박혀 책을 읽고, 쓰던 스물둘의 불안해서 찬란했던 그날을요. 삼성동에 있는 회사를 다니며 불안한 미래에 가슴이 답답해 한 시간 반을 걸어 집으로 돌아가던 그날도요.

　나이테가 만들어지던 날들을 그리며 하늘을 봅니다.
　가을바람이 좋네요-, 참.

흩날리는 매화 향기에 취하고

아름다운 기억은 묵혀둔 추억이 되지 않고 언제 꺼내어 보아도 빛나며 생생히 살아있습니다. 매화꽃이 흩날리는 매화나무 아래에서 글을 쓰던 그날이 그렇듯이요.

피고 지고 피고 지는 아름다운 꽃비를 보기 위해 해를 꼬박 기다립니다. 간절한 기다림 끝에 만나는 꽃잎들은 너무도 여리고, 아름답습니다. 이 봄이 가기 전 가장 좋아하는 일들을 나에게 선물하기로 합니다. 노트북을 메고 당장 광양 매화마을로 떠납니다.

아직까지 벚꽃이 피지 않고 매화꽃이 가득한 마을은 따뜻합니다. 풍성한 매화나무 아래 돗자리를 펴고 막걸리를 마시며 글을 씁니다. 글을 쓰다 지치면 벌렁 드러누워 하늘을 보고, 관광객들의 알록달록한 등산복 행렬을 봅니다. 벌렁 드러누워 있는 것도 지겨워지면 막걸리 한 모금 마시고 다시 글을 씁니다. 글쓰기도 지겨워지면 툭툭 털고 일어나 꽃나무 사이를 걷습니다. 섬진강을 건너면 하동이 보입니다.

하동에는 최참판댁이 있습니다. 박경리 선생님의 소설 <토지>에 나온 그 최참판댁입니다. 최참판댁에서 보이는 드넓은 평야를 바라봅니다. 땅의 힘, 땅에서 나온 작물로 살아가는 우리에 대해 생각하며 박경리 문학관에도 들릅니다. 바라는 소망이 있다면, 선생님처럼 현역으로 글을 쓰며 나이 들고 싶습니다. 생각하며 문학관을 걸어 나옵니다. 광양에는 매화가, 하동에는 벚꽃이, 구례에는 산수유가 피었습니다. 모든 꽃이 활짝 피는 짧고도 아름다운 이 봄날에, 꽃처럼 한 철만 사랑해주지 않겠다던 당신을 그리기도 했습니다. 꽃향기에 취하고, 추억에 취하고, 계절에 취하고. 여러모로 취하는 봄날입니다.

함께이지 않지만 함께입니다

　강연을 하는 날이면 예민함이 증가해 식사를 거의 하지
못합니다. 강연 두 시간 전 식사를 했다 급체해 고생한 뒤
론 소량의 식사를 하거나 열량 높은 초콜릿 등을 먹습니
다. 가방엔 소화제를 꼭 챙깁니다. 강연을 앞두면 어떤 분
들을 만날지 기대되고, 떨리고, 설렙니다. 제가 뭐라고, 저
를 만나러 오신 분들이니 이야기를 잘 들려 드리고 싶습니
다. 입장을 앞두곤 스스로에게 말해줍니다. "괜찮아, 즐기
자, 즐겁게 소통하자, 진심을 다하자." 무대 위에서 신나게
열정을 쏟고 돌아오면 탈진할 것 같은 나른한 기분이 듭니
다. 그제야 발도 아프고, 배도 고파요. 무대 위에서 생기 있
던 나는 다른 사람인양 거울 속 여자는 몇 년이나 늙어 보
입니다.

　그날은 대학교 축제 무대에 오른 날이었어요. 저녁 8시

강연이라 종일 굶다시피 했고, 대학생 분들과 즐거이 이야기 나누다 터미널에 도착하니 시계는 밤 10시 반을 향해 가고 있었습니다. 먹이를 찾는 하이에나처럼 터미널에서 문을 연 음식점을 찾아 헤매었어요. 마침 어묵집 아주머니가 포근하게 웃어주십니다. 저기네요, 저기야. 오늘 저와의 회식 장소를 어묵집으로 정합니다. 딱 1인분 남은 떡볶이와 김밥을 시킵니다. 어묵도 하나 시켜 오물오물 씹습니다. 새빨갛게 졸아 버린 떡볶이 국물에 김밥을 푹, 찍어 먹습니다. 하… 이제야 살 것 같아요. 쫀득한 떡볶이를 씹으며 하얀색 셔츠에 흐른 국물을 대수롭지 않게 바라봅니다. 제게 있는 예민함은 일이 아닌 생활에선 예외인가 봅니다. 하얀 옷은 대부분 얼룩덜룩하게 변해버리거든요.

티슈로 대충 문지르곤 다시 음식에 집중합니다. 체하지 않게 천천히 꼭꼭 씹어 삼키며 옆을 보니 미처 허기를 채우지 못한 이들이 함께 서 있습니다. 함께이지 않지만 함께입니다. 하루의 끝을 함께 맞이하는 다정한 연대감으로요. 맛있게 먹고, 버스에서 한잠 달게 잘 겁니다. 허리 아플 때쯤 깨면 고속터미널이겠지요. 늦은 밤 터미널 어묵집에서 야식을 먹고 있는 낯선 이들의 뒷모습을 보며 눈빛으로 말을 건넵니다. 오늘 밤 우리의 잠이 다디달길 바라요.

수고했어요, 오늘도.

온기는 나누는 거라 했습니다

"우울할 때는 뱃속이 따뜻해야 해. 그래야 힘내서 우울을 밀어내지."

당신에게 밥그릇을 건네며 말했습니다. 나는 요즘 당신의 안부가 유난히 걱정됩니다. 당신에게 일어난 일들을 듣게 되었기 때문이기도 하지만, 너무도 아름다운 당신이 살아갈 힘을 내어 주었으면 하는 마음이기 때문입니다. 다정하고 사려 깊은 당신이 진심으로 행복하길 바라는 마음이기도 합니다.

당신에게 밥그릇을 건네며 지나온 어둠에 대해 생각했습니다. 가장 어둡다 생각했던 날들에도 등 뒤에는 해가 비추고, 어김없이 아침의 해는 뜨고 밤의 달이 뜨던 그 밤을 생각했습니다. 밤의 어두움에 가려져 보이지 않는 해처럼,

당신의 등 뒤에도 해가 떠 있길 바랍니다. 빛을 등지고 있어 내게만 어두움이 비춘다 생각했던 나처럼 오래 슬퍼하지 않는다면 좋겠습니다. 밥그릇에 가득 담긴 따순 밥을 먹고 나면 오늘 밤은 한잠 달게 자길 바라요. 꿈도 꾸지 않고, 고요하고 편안한 아침을 맞이하길 진심으로 바라봅니다. 누군가 나의 행복을 기도해 준다면, 아무리 깊고 우울한 날에도 조금은 힘을 낼 수 있지 않을까요.

추억의 반은 맛인 거죠

당신과 가까워지기 시작할 때, 우리는 아주 조심스레 식사를 했어요. 식사를 같이하는 횟수가 늘어나며 함께 먹는 음식의 종류도 다양해졌고, 나눈 이야기도 풍부해졌죠. 우리가 가까워졌다 느낀 건, 배가 불러 식사를 끝낸 내 앞 접시에 남은 고기 한 점을 당신이 자연스레 먹는 걸 보면서였어요. 김치찌개에 들어간 고기 한 점을 아무렇지도 않게 젓가락으로 집어 씹는 당신을 보며 우리가 함께 보낸 계절을 세어보았습니다. 추억의 반은 맛, 인 거죠. 함께 보낸 계절만큼 먹은 밥그릇도 쌓여가니까요. 밥그릇과 함께 추억도 쌓여 가고요. 내가 남긴 음식도 맛있게 먹는 당신을 빙그레, 웃으며 바라보던 그날도 추억이 된 것처럼요.

오늘은 어떤 추억을 만날지, 기대하며 터미널을 걷습니다. 고속터미널은 유독 맛있는 음식점이 많아요. 파미에스

테이션과 붙어 있기도 하지만, 터미널 내에 있는 음식점들만 여행해도 몇 계절은 입과 눈이 기쁠 것 같습니다. 아무리 멋진 외국에 가도 이 나라처럼 음식점이 많고, 깨끗하고, 가격 좋고, 맛있는 나라를 아직 찾지 못했어요. 이런 이야기를 친구들에게 하니 깔깔 웃어요. 나의 혀는 이토록 고국의 맛에 길들여져 있는걸요.

터미널 일 층과 지하를 뱅뱅 돌며 "오늘은 무얼 먹지?" 흥얼거리면서 즐거이 맛 여행을 시작합니다. 와, 오래된 프랜차이즈 샌드위치 매장이 여기도 있네요! 이리 오래도록 남아 있는 음식점들을 보면 참 고마워요. 조 샌드위치 앞에서 광고대행사를 다니던 시절의 나를 만나요. 신사동 가로수길 건너편에 사무실이 있던 회사였는데 대각선으론 조 샌드위치가 있었어요. 광고대행사에서 할 수 있는 '광고'의 '대행' 범위가 이토록 넓다는 걸 알게 해준 회사를 다니던 시절, 가장 큰 행복은 이 샌드위치 가게였어요. 조금 이르거나 늦은 점심시간에 따뜻한 아메리카노와 샌드위치 한 입을 베어 무는 순간 분노도 사르륵, 녹아내리는 기분이었습니다. 딱 알맞게 바삭하고 고소한 식빵에, 신선한 야채와 햄과 치즈의 조합으로 그 시절을 버텨냈어요. 신사동에 있던 광고대행사가 여의도로 이사 가면서부턴 조 샌드위치를 그만치 자주 찾지 않게 되었지만, 여전히 지날 때마다 사회 초년생의 애환과 어설픔이 가득했던 그날의 나와 조우합니다.

정처 없이 걷다 만난 카페 마마스 간판을 바라봅니다. 리코타 치즈 샐러드가 팔천 원이던 시절부터 추억이 차곡차곡 모여 있는데, 이젠 만 삼천 원이군요! 인터넷 어딘가에서 '내 월급 빼곤 다 올라.'란 글을 본 적이 있는데… 쿨럭. 마마스는 유독 친한 여자 사람 친구들과 추억이 많아요. 어느 날 광화문 마마스에서 희를 만났어요. 희는 '내가 계산할게.'라며 청포도 주스와 리코타 치즈 샐러드, 그리고 먹물 파니니를 주문하곤 경쾌하게 힐을 또각거리며 내게로 걸어와 자리에 앉는 동시에 말했습니다.

"어제 어떤 남자를 알게 되었어."

희를 만나면서, 그녀가 남자 사람에 대한 이야기를 하며 그토록 눈이 빛나는 건 처음 봤어요. 한 문장을 들은 뒤 예감했죠. 희와 그 남자는 사랑에 빠지겠구나. 쉬이 끝날 수 없는 사랑에 빠지겠구나. 알게 되었다, 는 문장의 어감이 이토록 다정하고 로맨틱 할 수 있다는 것을 그날 알았어요. 식사를 마치고 반쯤 남은 청포도 주스를 테이크아웃해 청계천을 걸으며 맞은 저녁 밤바람이 달큰했습니다. 희와 그 남자는 육 년간 지독하게 열렬한 사랑을 했어요. 그들도 추억이 되었을까요? 그건, 글을 읽는 당신의 상상에 맡기겠습니다.

카페 마마스를 지나 추억들을 떠올리며 빙그레 미소 띤 얼굴로 걸어갑니다. 걷다 보니 터미널을 벗어나 지하철역 인근으로 가는 것 같아요. 복잡하고 미로 같은 이 공간은 올 때마다 헤매입니다. 안 그래도 길치인데 복잡하기까지 하니 헤매이지 않는 게 더 이상해요. 그러다 보니 올 때마다 모든 광경이 낯설어 처음 만난 여행지 같이 느껴져요. 홍콩의 낯선 뒷골목을 걷는 것처럼 터미널과 연관된 공간들을 여행합니다.

【 고기와 식사 】

걷다 만난 단순하고 직관적인 글귀에 걸음이 멈춥니다. 고기와 식사라니. 이런 옳은 조합을 지나치는 건 허기에 대한 예의가 아닙니다. 일단 찬찬히 메뉴판을 살펴보기로 합니다.

한우 차돌박이, 소 갈빗살, 진 갈빗살, 댓잎 왕 양념갈비, 소고기 모듬, 삼겹살, 버섯 야채 양념 불고기, 철판 야채 제육볶음, 쭈꾸미 삼겹 전골이 있습니다. 맛있는 음식 대잔치라도 열린 것처럼 많은 육류에 황홀해집니다. 얼큰 순두부, 담백 순두부, 설렁탕, 해물 된장찌개, 오모리 김치찌개, 참치 김치찌개, 뚝불고기 정식, 육개장, 물냉면, 고등어조림, 비빔냉면, 제육볶음, 강된장 정식, 야채 비빔밥, 이라 적힌 식사메뉴를 읽다 결심합니다. 아직 이 식당에선 아무와의 추억도 없어요. 그렇다면 오늘부터 추억을 만들면 되는 거죠. 허기진 어느 날 혼자 고기 이 인분을 구워 먹는 멋진 추억을 내게 선사해주기로 합니다.

어느 멋진 날, 나에게 주는 너무도 멋진 선물인 거죠. 산다는 일에서 만나는 일상과 사건들은 예측할 수 없는 선물과 같습니다. 얼마나 많은 선물을 받는지를 스스로 선택할 수 있다니. 대단히 큰 선물을 기대하지 않더라도 하루에 두 번 혹은 세 번을 끼니로 먹으니 매일, 자주 선물을 받을 수 있습니다. 작지만 이토록 확실한 행복이 모여 매일 선물

을 받는 다정한 삶을 살 수 있다 생각해요. 고기가 지글지
글 익는 걸 기다리며 이토록 어깨춤이 절로 나오는 걸 보
면, 하루치 기쁨을 지금 이 순간에 다 쓴다 해도 아깝지가
않네요.

프리지아 꽃 한 다발

터미널 지하철역을 나오며 낭만에 취합니다. 꽃을 파는 지하철역이라니요. 한 송이 꽃을 사고, 한 다발 꽃을 사는 이들의 꽃 빛 담긴 웃음에 덩달아 행복해집니다. 꽃 선물을 받는 걸 좋아합니다. 그리고 꽃 선물을 하는 것도 좋아해요. 어제는 프리지아 꽃 한 다발을 선물했습니다. 이유 없이, 의미 없이 받는 작은 꽃 한 다발로 인해 소소한 기쁨을 느낀다면 좋을 거 같아서요. 사실 프리지아 꽃다발을 사들고 향을 맡으며 받는 이의 기쁨을 생각하면서 걷는 시간은, 내게도 역시 선물 같은 시간입니다. 꽃을 들고 있으니 걸음걸이도 예쁘게, 표정도 절로 곱게 나옵니다. 작은 꽃다발을 선물하면 어쩐지 사이가 두 걸음쯤 가까워진 기분이 듭니다.

낭만적인 지하철역을 나와 터미널 1층 식당가로 향하니

다. 당신과는 커피를 마시기로 했으니 먼저 시장기를 달랠 참입니다. 고민 없이 생각해둔 매장으로 향합니다. 전주에서 먹던 베테랑 칼국수가 터미널에도 있어요. 들깨 가득 들어간 칼국수, 아삭한 야채에 탱탱하고 쫄깃한 쫄면, 만두까지. 딱 세 개의 메뉴만 파는 베테랑 칼국수에서 여행을 떠나지 못할 때 긴급하게 현지 기분을 수혈받곤 합니다. 매콤새콤 아삭한 쫄면과 만두를 시켜 두 개만 먹고 남은 걸 포장할까 말까 진지하게 고민합니다. 내가 고민하는 사이 아르바이트생들은 분주히 서빙을 하며 즐겁게 일하고 있어요.

"앗싸, 퇴근까지 세 시간 남았다!"

조용히, 하지만 진한 기쁨을 담아 옆에 있던 아르바이트생에게 이야기합니다. 제 몫의 쫄면을 받으며 힐끔 시계를 바라보아요. 세 시간 뒤 퇴근이면, 한 시간 반 전부터 얼마나 설렐까요? 아르바이트생들의 퇴근에 대한 기대 덕분에 쫄면이 더 맛있어집니다. 후루룩후루룩, 후루룩후루룩. 그릇의 면은 줄어가고, 그들의 퇴근 시간도 가까워 옵니다. 앞자리에 놓인 꽃다발을 바라보며 눈과 입이 동시에 웃는 꽃 날입니다.

나도 싱그럽고 싶어요

먹는 일은 즐겁기도 하지만, 감정의 무중력 순간엔 먹는 일조차 멈추고 지낼 때가 있어요. 감정의 실의는 식사의 기쁨도 함께 잃어버리게 만드나 봅니다. 웃지도, 울지도 않고 길을 걷다 눈에 보이는 식당으로 들어갑니다. 앙상하게 만져지는 갈비뼈와 마른 뱃가죽이 익숙한 맛을 내는 향에 반응해서요. 삼백집이 보이네요. 언젠가의 전주에서 하루에 삼백 그릇만 판다는 콩나물국밥을 먹기 위해 줄을 서던 날이 있었어요. 그 삼백집인가 싶어 간판을 찬찬히 읽습니다. 맞네요, 그 집이. 그 집은 이제 전주에도 있고, 강남에도 있군요.

천천히 걸어 들어가 직원이 안내해준 1인석에 앉습니다. 콩나물국밥을 시키고 찬물을 따라 마른 목을 적십니다. 같은 음식을 먹는 다른 이들을 살펴봅니다. 오후 한 시 삼십

팔 분의 콩나물국밥집엔 사람들이 콩나물시루처럼 빽빽이 앉아 식사를 하고 있습니다. 안경을 쓰고 맨투맨을 입고 핸드폰에 시선을 고정하고 밥을 먹는 젊은이, 백화점에서 방금 쇼핑한 듯 명품 쇼핑백을 든 중년 여성, 사이좋은 노부부의 다정한 식사, 여행으로 인해 흥분에 들떠 있는 젊은 사람들, 고등학생 아들과 함께 온 모자, 할머니 손을 잡고 온 꼬마 아가씨, 검은색 유니폼을 입고 화장품 매장에서 근무하는 직원들의 늦은 식사, 잘 다려진 하얀 와이셔츠에 넥타이를 맨 중년 남성들이 이 매장에 한데 모여 식사를 합니다. 나처럼 홀로 대충 머리를 묶고 앉아 식사를 하는 여성도 보입니다. 다양한 연령대의 생이 국밥집에 모여 사이좋게 숟가락을 뜨고 있네요.

보글보글 보글보글

드디어 내 앞에도 국밥이 놓입니다. 펄펄 끓는 김을 바라보며 오랜만에 진한 허기를 느낍니다. 살아있다는 사실을 확인하고 싶을 땐 뚝배기에서 펄펄 끓는 국밥을 주문합니다. 보글보글 끓는 국물 사이로 숟가락을 넣어 국물을 퍼 입에 넣습니다. 뜨겁다는 걸 알면서도 뜨거움을 입에 넣고야 맙니다.

"앗 뜨거!"

찬물을 들이켭니다. 입천장과 혀를 데인 듯 얼얼하네요. 이제야 접시에 국밥을 덜어 알맞게 식힌 다음 다시 먹습니다. 이번엔 적당히 따뜻하고 좋아요. 아, 맛있어요. 아삭한 콩나물국밥의 시원한 국물을 들이켜는 동시에 젓가락으론 깍두기를 집어 씹습니다. 무의 아삭함과 적당히 칼칼한 매운맛에 몸이 더워집니다. 옆자리 노인은 뚝배기를 그릇째 들고 국물 한 방울 남김없이 마십니다. 숟가락을 내려놓고, 찬물로 입을 헹구고 나가는 노인의 뒷모습은 국밥집에 들어오기 전 나보다 힘찹니다.

당신의 삶이 닿아, 나의 삶이 되네요. 젊은 나는 시들하고 나이 든 당신은 생생합니다. 당신의 생기만큼 나도 싱그럽고 싶어요. 당신처럼 뚝배기를 들고 국물을 들이켜 봅니다. 뚝배기를 내려놓고 아직도 얼얼한 혀의 감각을 느끼며 일어섭니다. 살아있어 지루하다 생각했던 어제에게 미안합니다. 많이, 미안합니다. 살아있어 고마운 날입니다. 뜨겁게 데일 수 있어 고마운 날입니다.

이제는 웃기도 하네요

어쩌면 이미 이별을 예감하고 있었는지도 모릅니다. 줄어
든 연락. 함께 있을 때 나만 바라보던 빛나는 눈동자엔 이
제 다른 것들이 보입니다. 밤새 이야기해도 모자라던 시간
은, 그가 바쁜 이유를 들으며 이해하느라 부족합니다. 나에
게만 바쁜 사람, 내 연락에만 답장이 늦는 사람을 기다리
며 홀로 우는 시간이 많아집니다. 웃게 해줄 거란 약속을
했던 사람 때문에 우는 날을 보내며 나는 천천히 당신과
이별을 했습니다.

'헤어지자.'

말이 때론 칼날보다 더 아픕니다. 이별을 예감하면서도
헤어지지 못하던 우리가 헤어지며, 함께이던 날보다 더 많
은 날들을 울 것 같았어요. 울 것 같았는데, 배가 고프니

밥은 먹어야겠고 졸리니 잠은 자야겠고 일을 해야겠더라고요. 해야 할 일들을 하다 보니 우는 날보다 울지 않는 날이 많아졌습니다. 울지 않는다 해서 웃는 날인 건 아니었지만요.

"뭐해, 맛있는 거 먹을까?"

실연에 허우적대는 나를 꺼내어 주는 친구들 덕분에 북적거리며 흘러가던 날들 중, 한강에 가고 싶어졌습니다. 특별히 당신과 한강에 대한 추억이 깊은 것도 아닌데, 한강에서 끓인 라면이 먹고 싶어졌어요. 이상하죠, 나는 분명히 아직 슬픈데 당신과 먹던 음식보다 먹지 않던 음식들을 찾게 되어요. 늦가을 한강 편의점에서 은박 그릇에 끓인 라면을 먹으며 울다, 웃다 했어요. 아… 이제는 웃기도 하네요. 니트 카디건을 여미며 희미하게 웃는 나를 보고, 안도하는 친구의 웃음에 또 웃습니다.

【 고속터미널, 한강공원, 고속터미널역 】

터미널 지하상가에서 출구를 찾다 한강공원이라 적힌 이정표를 보고서야 아주 오랜만에 당신을 생각했습니다. 당신과 함께 지나던 길에서 당신이 아닌, 당신과 헤어지고 먹던 라면이 생각나다니요. 허탈해 웃습니다.

안녕, 한 시절의 전부였던 사람. 이제는 잊힌 이름의 사람. 살며 우리가 다시 만날 일은 없겠지만 건강히 잘 지내길 바랄게요. 한때 마음을 내어준 이에 대한 마지막 안부를 물으며, 나를 기다리는 이에게로 발길을 돌립니다.

어른이란 건 참으로 시시합니다

떠나기 전날 숙소를 예약했습니다. 캐리어는 떠나는 날 아침에야 꺼냅니다. 미리 준비하면 좋으련만 매번 후회하면서도 조금 부족한 듯, 빈 듯 떠나게 됩니다. 여행을 떠날수록 캐리어가 가벼워지는 덕분도 있습니다. 늘 사용하던 물건이 없어서 불편할 뿐이지 절대 안 될 일은 아니니까요. 현지에서 공수할 수도 있는 덕분에 게으름만 늘어갑니다. 떠나는 날만 정해두고 숙소나 일정은 짜두지 않았습니다. 보통 숙소는 예약해두기 마련인데, 이번엔 그마저도 놓쳐버렸어요. 괜찮아요, 설마 이 몸 하나 뉠 공간 없으려고요. 없다면 지역에 사는 친구를 사귀지 뭐, 라며 배짱을 부려 보기도 합니다. 떠나기 전날 강원도를 검색해 숙소를 예약한 덕분에 숙소에 도착해서야 알게 되었습니다. 지금 서 있는 이 길은 율곡교차로이고 좌회전하면 정동진, 우회전하면 주문진과 경포해변이 나오는 멋진 도시라는 사실을요! 환호성을 지르고는 배가 고파 동네 식당을 찾아 나섭니다.

일곱 시까지만 영업을 하는 조용한 골목길 김밥집에 들어가 여섯 시 이십 분에 김밥을 주문합니다. 까슬하게 입 안에서 굴러다니는 밥알을 모아 성실하게 씹으며 주위를 둘러보니 동네 마트가 보입니다. 신호등을 건너 스무 발자국쯤 걸어 마트에 다다릅니다. 방울토마토와 바나나, 생수 두 병을 고릅니다. 왠지 아쉬워 서성이다 과자도 한 봉지 담습니다. 내일과 모레의 아침 식사가 되어줄 것입니다. 계산을 하시던 분이 물으시네요.

"포인트 번호가 어떻게 되세요?"

동네 주민처럼 보이나 보아요. 왠지 기뻐요-. 에코백에 장을 본 식품을 담아 오른쪽 어깨에 멥니다. 신호등이 바뀌길 기다리는데 버스가 지나가요. '무작정 저 버스를 타는 용기를 내볼까?' 낯선 동네에서 버스를 타는 것 자체가 여행이라 생각해 무작정 지금 오는 버스를 타고, 마음에 드는 정류장에서 내리는 여행을 종종 떠나곤 했는데요. 낯선 동네의 골목길을 걷다 보면 어느새 마음이 누그러지곤 했습니다. 일상여행을 다니며 순해진 마음으로 돌아가던 이가, 이제 버스를 타는 것이 용기씩이나 필요한 일이 되다니요. 귀찮음과 겁이 많아진 어른은 참으로 시시하구나 싶습니다.

당신 참 고마워요

당신 참 고마워요. 당신 참 고마워요. 당신 참 고마워요.
당신 참 고마워요. 당신 참 고마워요. 당신 참 고마워요.
당신 참 고마워요. 당신 참 고마워요. 당신 참 고마워요.
당신 참 고마워요. 당신 참 고마워요. 당신 참 고마워요.
당신 참 고마워요. 당신 참 고마워요. 당신 참 고마워요.
당신 참 고마워요. 당신 참 고마워요. 당신 참 고마워요.

오늘 하루도 잘 살아내 준 당신, 고마워요.

4장　동서울터미널

어디론가 떠나고 떠나보냅니다
|
덩달아 여행을 떠납니다
|
포장마차 천막에 그리움이 걸려있네
|
모둠 사리 좋아하세요?
|
실은 너무 좋았습니다
|
당신의 눈동자에 건배
|
어떤 날의 잔상은 대화로 남아서
|
사랑만 하기에도 모자란
|
부디 건강하세요
|
보 고 싶 다
|
나이 든 오늘이 좋습니다
|
오늘은 홍대에 삽니다
|
당신 참 사랑해요

어디론가 떠나고 떠나보냅니다

어디론가 떠날 것처럼 집을 나섭니다. 당장 떠나지 않으
면 가슴이 터져 버릴 것 같은 답답함이 온몸을 휘감습니
다. 숨을 쉬고 있는데 목이 메어옵니다. 크─게 들숨과 날숨
을 번갈아 쉬지만 마음 중간에 꽉 막힌 돌은 내려가지 않
아요. 걷다 보니 버스 정류장입니다. 가장 먼저 오는 버스
에 몸을 맡깁니다. 마을버스를 타고 한강을 바라보며 다리
를 건넙니다. 매일 보는 풍경이지만 매일 감탄합니다. 강을
바라보며 버스를 탈 수 있다니요. 파리의 세느강 앞에서
나는 한강을 떠올렸어요. 사진에선 그리 멋져 보이던 강이,
막상 와보니 한강보다 색이 탁하고 작아서요. 서울에서 자
주 보던 한강과 파리에서 처음 보는 세느강이 이상과 현실
의 차이 같아 맥이 풀렸던 기억이 납니다. 이내 버스의 종
점이 다가옵니다.

"이번 정류장은 강변역, 테크노마트, 동서울터미널입니다."

버스에서 내려 주머니에 손을 꽂고 어디로 갈까 어슬렁거립니다. 2호선 지하철을 탈까, 테크노마트에서 전자제품을 구경할까 생각하며 길을 걷습니다. 걷다 보니 동서울터미널 앞 신호등입니다. 그러고 보니 가방을 메고 나오지 않았네요. 지갑을 열어 보니 만 원 한 장 들어있습니다. 다행입니다. 터미널을 향해 신호등을 건넙니다. 떠나는 이들에게 둘러싸여 길을 건너와 다시 반대편을 바라봅니다. 강변역 3번 출구를 빠져나오는 사람들을 바라보며 신호등이 세 번 바뀔 동안 서 있습니다. 어디로 가야 할까요.

몸을 돌려 터미널로 들어섭니다. 매표소에서 찬찬히 지명을 읽습니다. 기차역이나 버스 정류장 그리고 공항을 여행하면 도착지를 살피는 습관이 있습니다. 어디에서 어디까지 갈 수 있을지, 내가 알지 못하는 도시가 얼마나 많은지 따라 읽다 보면 기분이 좋아집니다. 그 도시에 도착한 나를 상상하면서요. 버스가 들어오고 나가는 광경을 바라보며 낯선 이들을 배웅합니다. 발길은 자연스레 27번과 28

번 플랫폼 사이에 한일 분식으로 향합니다. 사실 이곳은 기사님들이나 터미널에서 근무하는 분들이 많이 오는 곳인 거 같아요. 터미널 안 화려한 식당들이 여럿 있지만 가장 좋아하는 공간입니다. 한일 분식에 들어서면 낯모른 작은 도시에 도착한 기분이 들어요. 낯선 도시에서 맛보는 소박하지만 정성스러운 한 끼 같달까요. 집에서 금방 싼 듯 참기름 향이 솔솔 나는 따끈한 김밥과 잔치국수를 시킵니다. 국물이 제법 깊어요. 유부가 많이 들어간 국수 가락을 목으로 넘깁니다. 종종 먹고 싶은 욕구보다 위장의 크기가 작음이 한스러워요. 눈치 없는 위장은 배가 부르다 신호를 주고, 살아난 입맛은 음식을 더 맛보고 싶어 난리입니다. 몸에서조차 의견 합일이 이루어지지 않네요. 참. 씁쓸합니다.

남은 김밥을 포장하며 옆 테이블 기사님이 드시는 가정식 백반의 차림을 훔쳐봅니다. 다음엔 꼭 저걸 먹어야겠어요. "이거 봐, 또 남기셨네. 김을 그렇게 싸 드시더니!" 단골 기사님이 제육볶음을 남겨 혼나는 소리가 들려요. 정겹게 서로 깔깔 웃는 기사님과 아주머니들 덕분에 부른 배가 더욱 부르네요. "아주매요, 우리 국수 한 그릇 갖다 둘이 나눠 먹어도 됩니까?" 팔십 대 정도의 노부부가 다정히 손을 잡고 와 식당 주인분의 허락을 구합니다. "그럼요, 앉으셔요. 뜨끈하게 나누어 먹고 가세요." "내가 식사를 하고 와서 배가 별로 안 고픈데, 이분 전에 버스를 놓쳐 가지고 두 시간 반을 기다려야 해서요." 두런두런, 이야기가 정겨운 식당입니다. 방금 먹은 음식이 김밥인지 정인지 모르겠어요.

부른 배를 두드리며 오른편 플라스틱 통에서 커피 가루가 들어 있는 종이컵을 꺼내 물을 붓습니다. 달달한 믹스커피는 500원입니다. 달달한 커피 한 잔이 주는 위안과 과테말라 안티구아 원두를 손으로 정성스레 갈아 필터에 내려 마시는 커피의 위안은 엄연히 다르거든요. 어느 편이 더 좋냐는 유치한 질문을 나에게 던져 보다, 어차피 순위 매길 수 없는 질문은 왜 하나 싶어 피식, 웃습니다.

어, 웃었어요, 내가 지금. 웃었네요. 웃었다는 사실이 기뻐 이빨을 드러내고 크게 웃어봅니다.

웃었어요. 웃었어. 웃자, 웃자, 해도 안 되던 웃음이 나왔어요. 정신 나간 사람처럼 깔깔깔 커피가 쏟아지지 않게 웃습니다. 어디론가 떠날 것처럼 찾아온 터미널에서 어디론가 떠나버렸습니다. 이유를 알 수 없던 답답함이라는 감정이요.

덩달아 여행을 떠납니다

터미널 2층 카페 창가에 앉아 강변북로를 향해 달리는 차들을 한참 응시합니다. 어디로 가는 걸까요. 어떤 이들이 타고 있을까요. 신호등을 건너는 네 사람의 고른 보폭에 비틀즈 포스터를 상상해 봅니다. 떠오른 김에 비틀즈 음악을 들어야지, 싶어 이어폰을 끼고 음악을 재생합니다. 음악을 들으며 하얀 화면을 멍하니 바라봅니다. 인생에서 너무도 중요한 시간이 멍 때리기라 생각하지만, 이리 마감이 코앞으로 다가왔을 때까지 멍-을 때려야 하는지. 잠시 자책의 시간도 가져 봅니다. 이상하게 작업하려고 노트북을 켜 앉으면 잡념이 먼저 떠오릅니다. 운동하기 전 스트레칭이라도 하는 마냥 무용한 생각들을 잔뜩 한 뒤에야 원고에 글이 써지기 시작합니다. 글을 쓰는 일은 매일 자신을 달래기로 시작합니다. 할 수 없을 것 같다고 포기하려는 나와 그래도

해보라며 용기를 주는 두 자아의 갈등에서 후자의 손을 들어줄 수 있도록 말입니다.

물론, 노트북을 켜자마자 글을 쓰는 날도 있습니다만, 오늘은 해당되지 않네요. 마감을 앞두어 타는 속과 반대로 무정한 뇌에게 아부라도 할 요량으로 가방에서 견과류를 꺼내 씹어 봅니다. 씹으며 고개를 돌려 카페를 찬찬히 살펴봅니다. 스무 개 정도 테이블이 있는 카페에 홀로 있습니다. 이어폰을 빼고 매장에서 흘러나오는 음악과 소리를 듣습니다. 카페 직원이 커피콩을 기계로 가는 소리와 음악 소리가 공간의 공기와 어우러져 아름다워요. 주로 카페에서 작업하는 카페 생활자에게 이리 멋진 공간을 홀로 즐기는 호사가 자주 주어지지 않거든요. 카페 창 너머로 노란 의자에 앉아 버스를 기다리는 이들이 보입니다. 저들이 목적지를 향해 가는 시간을 기다리고 있듯, 나도 목적지를 향해 가는 시간을 기다리려 이리 여백의 시간을 보냈나 봅니다. 그들의 티켓엔 도착할 목적지가 적혀 있고 나의 티켓엔 마감일이 적혀 있네요. 자, 이제 떠나 볼까요. 기분이 좋아진 생각은 드디어 여행길을 떠납니다. 받아 적는 손가락에서 울리는 타자의 리듬이 경쾌하네요.

떠나고 돌아오는 이들의 낯선 기운에 덩달아 설렙니다.
설레며 쓴 글은 어감부터 다정합니다.

굳이 마감 날에 터미널까지 와서 작업하는 이유, 입니다.

포장마차 천막에 그리움이 걸려있네

동서울터미널과 지하철 2호선 강변역이 신호등 하나를 사이에 두고 사이좋게 자리하고 있습니다. 터미널에서 내려 지하철을 타고, 버스를 타기 위해 걸어간 정류장 앞엔 포장마차가 즐비합니다. 작은 포장마차들이 옹기종기 모여 비슷한 메뉴들을 팝니다. 이른 저녁 어스름히 밝힌 전구 불빛은 그리움이 가득합니다. 포장마차를 둘러싼 주황색 천막과 알록달록한 플라스틱 의자를 보고 있자면 석양이 지는 풍경을 보고 있는 기분이 듭니다. 정체를 알 수 없는 그리움에 나도 한 자리 차지하고 싶어졌어요. 몇 번째 포장마차로 들어갈지 어슬렁거리며 메뉴를 읽어 봅니다.

김밥, 오뎅, 순대, 떡볶이, 우동, 잔치국수, 비빔국수,

여름 별미 : 냉콩국수, 열무국수

메뉴를 읽다 포장마차마다 손님이 얼마나 있는지 곁눈질로 가늠해 봅니다. 잔치국수를 맛있게 먹고 있는 중년 남자가 기울이는 소주잔이 보입니다. 반쯤 마시다 내려놓고 다시 국수를 마시는 그의 주름진 손을 바라봅니다. 따뜻한 국물과 소주 한잔으로 고된 하루를 달래는 그를 보며 마음으로 함께 마실 잔을 건네어 봅니다. 옆 포장마차에서 젊은 연인이 떡볶이 국물에 순대를 푹, 찍어 서로의 입에 넣어줍니다. 그 모습이 너무 예뻐 보고 있는 나의 눈도 따라 웃습니다. 혀 짧은 소리를 내는 그들과 두 자리 떨어진 의자에 앉아 김밥 한 줄을 주문하고 어묵 한 꼬치 집어 들고는 후후 불어 크게 한 입 베어 뭅니다. 짭조름한 간장 맛에 입맛을 다시는데, 빗방울이 후두둑 떨어집니다. 거리를 걷던 이들이 급히 뛰기 시작합니다.

쏴아아―

쏴아아―

한여름에 급히 내리는 소나기가 눈송이처럼 하얗고 굵게 떨어집니다. 포장마차 처마에 음악처럼 투두둑, 떨어지는 빗방울 소리를 들으며 어느 해의 겨울을 떠올리고, 백석의 시를 생각합니다.

가난한 내가
아름다운 나타샤를 사랑해서
오늘밤은 푹푹 눈이 나린다.

나타샤를 사랑은 하고
눈은 푹푹 날리고
나는 혼자 쓸쓸히 앉어 소주를 마신다.
소주를 마시며 생각한다.

— 〈나와 나타샤와 흰 당나귀〉, 백석

모둠 사리 좋아하세요?

"돌아가고 싶은 시기가 있다면 언제인가요?"

이런 질문을 가끔 받아요. 가장 아름다웠던 시절이라든가, 가장 행복했던 시절이라든가, 돌아가고 싶은 시절이 언제였는지를 물어오면 늘 생각보다 대답이 먼저 나옵니다.

"없어요. 저는 오늘 이 순간이 가장 좋아요."

빛나도록 찬란했던 기쁨도 있었고, 아주 끔찍하고 괴롭던 시절도 있었습니다. 후회되고, 실수 되는 순간들도 분명 있었고(실은 아주 많았지요) 자랑스럽던 순간도 있었어요. 8차선 도로에서 달려오는 차에 뛰어들어 볼까 생각도 하고, 미치도록 설레게 만드는 사랑에 빠져 허우적대던 날들도 있었습니다. 하지만 그 어떤 순간으로도 돌아가고 싶지 않더라고요. 왜, 가죽 가방도 시간이 지나면 자연스레 스크래치가 생기며 부드럽고 멋져지잖아요? 인생의 모든 스크래치와 얼룩과 기쁨이 모여 겨우 오늘의 내가 있는데, 이만치 다시 얼룩을 만들려면 그 모든 과정을 다시 반복해야 하는 거잖아요. 앞으로 가야 할 길도 녹록지 않게 많을 텐데 뒤를 돌아보고 싶지 않더라고요.

하지만 인간에게 생에 딱 한 번 시간 여행이 허락된다면, 어떤 이들은 아름다웠던 과거의 시간에서 조금 더 머물고 싶을 테고, 이제는 볼 수 없는 그리운 이들과 만나 못다 나눈 이야기를 나눌 수 있겠죠. 후회되는 순간에 행동을 돌릴 수도 있을 테고, 이 모든 것들을 되돌리다 보면 오늘의 내가 조금 더 편안해질 수도 있을 겁니다. 만약 그리 된다면, 얼룩과 사랑을 매만지고 시간여행에서 돌아온다면 어떨까요? 이 공간에서의 추억을 가진 나와 만나는 광경을 그려봅니다. 불안해 흔들리는 눈빛으로 매표소 앞에 서 있던 그날에요.

"가장 빨리 떠나는 춘천행 한 장이요."

돌아보면 이십 대는 꽤나 불안했습니다. 끝이 보이지 않는 터널을 지나는 기분이 종종 들었어요. 빛나는 꿈을 꾸고, 치열하게 노력하고 달려가고 있지만 문은 열리지 않았고 자주 벽에 부딪혀 넘어졌어요. 행복하게 웃다가도 숨이 턱, 막히던 그런 날이면 춘천 가는 버스를 탔습니다. (기차를 타기엔 터미널이 집과 훨씬 가까웠거든요.)

하릴없이 춘천 시내를 싸돌아다니다 이른 오후 점심도 저녁도 아닌 애매한 시간에 철판 닭갈비집에 들어가 1인분을 시켜 혼자 볶아 먹기도 했어요. 닭갈비를 볶아 주시던 할머니가 애잔한 표정으로 말씀하셨죠.

"왜 혼자 왔어, 남자친구랑 같이 오라니까."

애매하게 웃으며 상추쌈을 싸 볼이 터지게 닭갈비를 먹다 남깁니다.

"이거밖에 못 먹었어? 아깝게. 내가 먹어도 되지?"

할머니에게 활짝 웃음으로 대답을 대신하고 낭만 시장을 걷습니다. 걷다 지치면 오래된 음반 매장에 들어가 cd를 뒤적이다 비틀즈 앨범을 사 오기도 했어요. 반나절 내내 주머니를 탈탈 털어 춘천 시내를 싸돌아다니다 돌아오는 한적한 버스에서 남몰래 펑펑 울기도 참 많이 울었습니다. 그렇게 돌아오고 나면, 다음날은 언제 그랬냐는 듯 언젠가 열릴 그 문을 위해 하루를 힘차게 시작했어요. 만약 시간여행을 통해 같은 날, 같은 장소에서 춘천행 버스를 타는 스무 살 언저리의 나를 만난다면 말없이 그냥 길을 가도록 비켜줄 것 같아요.

아프지만 겪어야 할 성장통을 이겨낼 그날의 나를 눈빛으로 응원하면서요. 오지랖 부리자면 닭갈비집 옆자리에서 사리 서비스 정도 우연히 주고 싶긴 해요. 특별히 "모둠 사리"로요. 돌아가는 버스에서 울 테니, 우연처럼 옆 좌석에 부드러운 티슈 하나 툭 떨어뜨려 놓든가요.

티슈를 떨어뜨려 놓던 시간여행에서 돌아와 주름이 늘어난 얼굴을 보며 생각할 거예요. 몸의 생기는 잃어가도 마음의 생기는 잃지 말자, 하면서요. 생각난 김에 그때처럼 춘천에서 반나절 여행을 시작해야겠어요. 이번에는 미소를 지으며 말합니다.

"춘천행 버스표 한 장 주세요."

실은 너무 좋았습니다

"아니 집 앞에 나무도 많은데, 무슨 단풍을 놀이까지 가서 보자 그래. 차 막히지 않아?"

투덜대며 새벽 일찍부터 따라나선 내장산행입니다. 산보다는 바다를 좋아해요. 산책은 좋아하지만 오르막길은 좋아하지 않아요. 평소 숨쉬기와 산책 말곤 운동을 하지 않는 저질 체력에게 등산을 제안하는 그의 등짝을 세모 눈으로 휘갈깁니다. 그러다 가을 산이 주는 매력이 다르겠지 생각하며 따라나섭니다. 사실 산보다는 숙소를 검색하다 발견한 정읍의 작은 고택이 가고 싶었어요. 고택의 별채는 산속에 덩그러니 지어져 있습니다. 문을 열면 호수가 보이고, 나무들이 보여요. 디브이 없는 작은 별채의 뜨끈한 구들에 몸을 지지며 낮잠을 자다, 만화책을 읽고 저녁엔 시내로 나가 음식점을 고를 생각에 벌써부터 신이 납니다.

어디론가 떠나며 들어가는 콧바람은 다디답니다. 휴게소에서 먹는 쥐포와 떡볶이는 왜 이리 맛있을까요. 감격하며 내장산 앞에 도착했고, 가을 갈대를 바라보며 농담을 주고받고는 낄낄대며 산을 오릅니다. 한 시간쯤 올랐나, 전집에 들어가 김밥과 파전을 시키곤 산바람과 함께 바삭하고 따뜻한 음식들을 먹으며 오랜만의 산행에 놀란 다리 근육을 진정시킵니다. 단풍을 놀이까지 가서 보냐고 투덜대지만, 실은 너무도 좋네요. 이래서 계절을 핑계로 여행을 떠나나 봅니다. 봄이니 꽃놀이를 가고, 여름이니 물놀이를 가고, 가을이니 단풍놀이를 가고, 겨울이니 눈놀이를 가면서요.

계절을 핑계로 나선 나들이에 보드라운 흙을 밟으며 뛰어다니는 가을입니다.

생각보다 산행, 이거 괜찮네요.

당신의 눈동자에 건배

잉그리드 버그만과 험프리 보가트가 출연해 애절한 사랑
을 그린 영화 〈카사블랑카〉에 대한 잔상은 달콤하고 느끼
한 대사, 샴페인, 술, 흑백, 눈동자, 아름다움입니다. 영화의
내용보다 유명한 대사가 마음에 남았어요.

"당신의 눈동자에 건배"

그윽하게 남자가 여자를 바라보며 눈동자에 건배, 를 외
치고 술잔을 눈동자로 보낸다면 어떨까요? 실제로 드라마
〈멜로가 체질〉에서 배우 손석구 씨와 전여빈 씨가 그리 연
기하는 걸 보고 배를 붙잡고 깔깔 굴렀습니다. 눈동자에
건배를 보내는 마음과 실제로 눈동자와 잔이 부딪히는 상
황이라니요. '언젠가 저거 써먹었다 한 대 맞겠지…?' 생각
하며 메모를 합니다. 한 대 때리지 않고 웃어 줄 만한 이에

게 시도해 보려고요.

예전부터 영화나 드라마에서 배우가 술을 잘 마시는 장면을 보면 부러웠습니다. 술 한 잔만 마셔도 얼굴과 몸이 불타오르는 체질 덕분에 술을 잘 마시지 않는 시절을 오랫동안 보냈어요. (진짜입니다. 궁서체예요.) '나는 술을 못 마시는 사람이니까, 어디 가서 취해 실수하지 말아야지.'라 굳게 다짐하고 거의 마시지 않았어요. 사람들은 세상살이의 고단함을 술로 달랜다던데, 술을 마시지 못하니 책을 읽고, 산책을 하고, 떡볶이를 먹고, 문구류를 사고, 아이 쇼핑을 하고, 여행을 떠나고, 글을 썼어요. 덕분에, 술을 마시지 않고 할 수 있는 자가 스트레스 해소에 대한 연구를 하여 자기 이해에 도움이 되기도 했습니다.

술을 두 잔이나 석 잔씩 마시게 된 지가 그리 오래되지 않는데, 그동안 술자리에 있으면 물을 소주잔에 채우거나, 맥주 한 잔으로 두세 시간을 버티기도 했습니다. 언젠가 친구들과 생일이라며 근사한 바에 놀러 간 적이 있어요. 우리는 하이힐에 짧은 치마를 입고, 잔뜩 들떠 바에 들어갔습니다. 그곳에서 '모히토'라는 샴페인을 추천받았어요. 알

콜이 들어가지 않았다 해서 받아든 모히토의 첫 느낌은 청량함 그 자체였습니다. 모히토는 라임, 럼, 민트, 탄산수(혹은 사이다) 설탕(혹은 시럽)이 들어간 칵테일입니다. 논 알콜로 주문했으니 이 빠진 칵테일 잔을 받아들고 민트잎 향을 맡다 한 모금을 주욱- 들이켰어요. 라임의 상큼함, 민트 잎의 시원한 향, 사이다가 주는 톡 쏘는 맛의 조화가 감격스럽습니다.

재잘거리는 친구들의 수다는 귀에 들어오지 않고, 모히토 만드는 법을 찾기에 열중했습니다. 만드는 법을 찾다 보니 〈누구를 위하여 종을 울리나〉, 〈노인과 바다〉 등을 저술한 어니스트 헤밍웨이가 쿠바에 머물며 사랑한 술이 모히토라 합니다. 쿠바와 모히토와 헤밍웨이라니. 뛰는 가슴을 진정시키고 집으로 돌아옵니다. 잠이 오지 않아요. 컴퓨터를 켜고 헤밍웨이와 쿠바를 찾아 떠납니다. 시간이 켜켜이 쌓인 건물들 사이를 달리는 올드카 사진에 시선이 고정됩니다. 클래식한 오픈카는 시간을 비껴간 듯 색감이 화려하고 반짝입니다. 19세기 스페인 식민지의 흔적을 그대로 간직한 쿠바의 낡은 건물들은 체 게바라의 얼굴이 새겨 있어요. 한참을 달려 카리브 해에 도착했습니다. 올드카에

서 내려 하릴없이 말레콘을 거닙니다. 쿠바의 석양을 바라
보며 시를 읊어봅니다. 이제 간단히 요기하며 모히토를 마
시러 가야겠어요. 칵테일 바를 찾으러 들어가던 나는, 온라
인 여행에서 빠져나와 쿠바행 비행기 표를 검색하고 있습
니다.

 눅눅하게 더운 늦여름, 갓 샤워를 마치고 나와 대충 말린
머리카락에선 물기는 뚝뚝 떨어지고, 선풍기는 탈탈 돌아
갑니다. 쿠바행 비행기 표와 일정이 빼곡하게 적힌 캘린더
를 번갈아 바라보다 음악 볼륨을 올리고 침대에 드러눕습
니다. 부에나 비스타 소셜 클럽에서 살사 공연을 보고 있는
나, 그리고 내일 해야 할 일을 해내는 나. 어느 쪽이든 둘
다 훌륭하죠.

 쿠바의 혁명가 체 게바라는 말했습니다.

 "우리 모두 현실주의자가 되자. 그러나 가슴 속엔 원대한
꿈을 지니자."

 말레콘 비치를 내일 당장 거닐 수 없으니 그곳에 갈 꿈을
꾸며 가슴이 벅차오릅니다. 탈탈 돌아가는 선풍기를 끄고
이제 잠자리에 들어야겠어요. 쿠바행 비행기 삯을 벌기 위

해 내일도 기쁘게 일할 겁니다. 집으로 돌아오는 길엔 민트 화분과 탄산수를 사 와야겠어요. 모히토를 만들어 마시며, 쿠바 여행 책을 읽을 생각입니다.

　때론 여행을 떠나는 순간보다,

　떠나기를 기다리는 시간이 더 행복할 때가 있어요.

　몽롱한 기운에도 코끝에 걸린 민트 향과 미소가 떠나지 않는 잠입니다.

어떤 날의 잔상은 대화로 남아서

"잘 지내셨어요?"

"네, 잘 지냈어요. 얼굴 좋아졌네요! 어머, 실장님도 오랜만이네요!"

일 년 전 프로필 사진을 찍었던 논현동 스튜디오에 다시 찾아왔습니다. 반가이 인사를 건네고 챙겨간 몇 가지 의상을 행거에 걸어 둡니다. 원하는 컨셉을 이야기하고, 음악을 들으며 사진을 찍다, 커피를 마시고, 다시 이야기를 나누다 합니다. 스튜디오를 나와 집으로 돌아가는 길에 하루를 생각합니다. 어떤 날의 잔상은 소리나 이미지 그리고 냄새보다 그날 나눈 대화들이 유독 짙게 남습니다. 오늘이 그러했어요. 일 년 만에 만난 이들과 사진을 찍으며, 마음의 거리가 일 년만치 가까워졌습니다. 화장을 하고, 머리를 만지고, 사진을 찍으며 자연스레 툭툭 오가던 이야기의 잔상이 집으로 따라 옵니다. 쓰는 직업을 가진 사람의 복인가 봅니다. 사람들이 나누어준 말은 흘러가지 않고 안에 남아 생각이 되고, 생각의 꼬리는 어느 날 연결되어 글이 됩니다. 때론 한두 시간의 대화가 오랜 여행보다 여운이 깊을 때가 있습니다.

행복했던 시간이었다, 라고 일기 쓰고 싶은 밤입니다.

사랑만 하기에도 모자란

"정은아, 그 사람 미워하지 마. 누군가를 미워하면 네 마음이 더 괴로운 거야. 미워하지 말고 잘 대해줘. 미워할수록 너만 더 괴로워지는 거야."

언젠가 속상한 일을 토로하는 내게, 엄마가 말했어요. 엄마는 그런 사람입니다. 본인이 손해 보더라도 상대에게 폐 끼치는 행동을 하지 않고 감내하는 사람입니다. 내가 모두를 사랑할 수 없듯, 모두에게 사랑받을 수도 없겠죠. 모두에게 사랑받고 싶은 욕심 한 페이지를 접습니다. 모두가 나를 미워하지도, 사랑하지도 않습니다. 어떤 이에겐 미움받을 수도 어떤 이에겐 사랑받을 수도 있어요.

다만 사랑해 주는 이들을 떠올리며 마음 다치지 않겠습니다. 슬픔에 지쳐 마음에 비가 내릴 때마다 나를 사랑해

주는 이들은 따스한 포옹으로 안아줍니다. 포옹을 받으며 누군가를 미워하는 마음은 녹아내립니다. 사랑만 하기에도 모자란 시간들 아니겠습니까.

마음에 먹구름이 끼려 할 때
올해 칠순을 지나고 있는 엄마의 말을 꺼내어 봅니다.

부디 건강하세요

눈을 감고 글을 써 봅니다. 눈을 뜨고 쓰는 일은 늘상 있지만, 눈을 감고 쓰는 일은 잘 없으니까요. 한참 글을 쓰다 눈을 뜨고 놀랍니다. 오랫동안 노트북 타자로 글을 써온 손은 눈을 감아도 익숙하게 제 자리를 찾았습니다.

오타 하나 없는 석 줄짜리 글을 읽으며 속으로 안부를 묻습니다.

잘 지내나요?
이제는 곁에 없는 당신들이지만 한때 곁사람으로 행복하길 바랍니다.
부디 건강하세요.

눈을 감아도 글이 쓰이고, 눈을 감아도 당신들의 얼굴이 생생합니다. 한 시절을 함께한 우리들의 추억도 빛나게 생생합니다.

보고싶다

보

고

싶

다

고 천천히 발음해보면 벌써 마음이 발그레 붉어집니다.

다정한 4음절이 입 밖으로 나와 목소리로 울리면 보고싶은 마음이 더 애절해집니다.

세상에 아름다운 문장은 참 많은데, 당신에게 마음을 표현할 문장은 찾기가 어려워요.

보

고

싶

었

어

요

선물하고 싶은 아름다운 문장이 없어
날것 그대로의 마음을 선물로 드립니다.

진심만큼 아름다운 문장은 없네요.

나이 든 오늘이 좋습니다

핸드폰 사진첩에 계절이 바뀌는 모습이 늘어갑니다. 길을 걷다 문득 하늘이 눈부시게 파랗고 예뻐 카메라를 켭니다. 어느 날의 하늘은 구름이 천천히 흘러가고, 어느 날의 하늘은 석양이 보랏빛으로 숨 막히게 아름답습니다.

길을 걷다 문득, 나무 사진을 찍는 날들도 늘어 갑니다. 꽃망울이 생기고, 꽃이 피고, 지고, 푸른 초록의 무성한 잎이 생기고, 노랗고 빠알간 낙엽이 지고, 앙상한 나뭇가지만 남겨두고 잎이 떨어지는 과정을 찍습니다. 앙상했던 나무에 새순이 돋고 다시 잎이 나기 시작하는 사실이 감동적이라 느껴집니다. 계절마다 다른 나무와 하늘의 변화를 보고 있자면 위로가 됩니다. 앙상한 겨울 나뭇가지처럼 마음이 힘든 어느 날, 이 겨울이 지나면 새잎이 돋고 꽃이 필거라 생각하니 견디는 힘이 생깁니다.

　아버지의 핸드폰 사진첩에는 산과 자연 사진이 유난히 많습니다. 꽃, 나무, 산, 하늘, 흙, 돌 같은 것들을 많이 찍게 되면 나이 든 것이라 하던데, 그렇다면 나이 듦은 이렇게나 아름다운 것이군요. 전에는 살아갈 날 중 오늘이 가장 젊은 날이란 사실이 좋았는데, 요즘은 살아온 날 중 가장 나이 든 오늘이 좋습니다. 어쩌면 자연스럽게 익어가는 것이 좋아지게 되었나 봅니다.

오늘은 홍대에 삽니다

노란 불빛이 더 따뜻하게 느껴지는 계절입니다. 6시까지는 카페이고 이후부터는 칵테일을 파는 공간에서 따뜻한 자몽티를 마시며 책을 읽고 밑줄을 그어 봅니다. 카페에서 흘러나오는 음악이 참 좋아요. 책을 읽다 차를 한 모금 마시고 멍-하니 있는데 카키색 터틀넥과 화이트 진을 입은 단발머리 여성과 검은 폴라에 검정 재킷을 입고 보이 핏 진 청바지를 입은 포니테일 여성이 내 옆 왼편 테이블에 앉습니다. 가게에 익숙한 듯 자리에 앉아 메뉴판도 보지 않고 피치 크러시와 진 토닉을 주문하고는 다정히 사진을 찍습니다.

그들의 앵글에 걸리지 않게 몸을 피해 줍니다. 책을 두어 장 더 읽고 나와 지하철을 탑니다. 가을에 출간할 에세이 원고를 끝내고 여행 산문을 시작하려는 중입니다. 내게는 책을 쓰지 않는 시간이, 책을 쓰는 시간보다 적습니다.
글을 쓰고 있는 시간이 나를 더욱 살아있게 만들거든요.
글을 쓰는 동안은 건강관리도 성실히 합니다. 밥도 꼬박 챙
겨 먹고, 글에 누가 되지 않도록 감정도 잘 보살펴 줍니다.
마음에 먹구름이 낀 것 같으면 짧은 여행으로 기분 전환을
시켜줍니다.

오늘은 살아보고 싶던 동네에서 짧게 살아보기로 합니
다. 지하철 2호선 홍대입구역 9번 출구에서 오 분 거리에
있다는 에어비앤비 숙소를 예약했거든. 지도를 따라 골
목길에 있는 빌라로 들어섭니다. 비밀번호를 누르고 식탁
에 가방을 올려두고 집안 구석구석을 살펴봅니다. 이틀을
살아갈 집을 살피고 침대에 벌렁 드러눕습니다. 자주 합정
동과 상수동, 연희동, 연남동, 홍대 입구를 다니며 한 번쯤
꼭 살아보고 싶었는데, 이렇게 소원을 이룹니다. 벅차게 기
뻐 낄낄거리다 잠이 듭니다. 잠에서 깨니 허기가 집니다. 시
간은 저녁 8시, 연희동에 사는 친구에게 전화를 해봅니다.

"어, 정은아 너 지금 어디야! 언니 지금 치킨 시켰는데
맥주 사서 집으로 와!"

　명쾌한 친구의 목소리에 반자동으로 몸을 일으켜 편의점으로 느릿하게 걸어갑니다. 슬리퍼를 신고 편의점에서 맥주와 과자를 산 뒤, 택시를 타고 연희동으로 갑니다. 고가 다리 근처에 있는 친구의 집 앞에 내려 3천 8백 원의 택시비를 지불합니다. 4층 계단을 올라 친구 집에 도착하자마자, 고양이 두 마리가 반겨줍니다. 친구의 집에서 내가 사는 원래 집으로 가려면 적어도 택시비가 3만 8천 원 이상은 나올 거라고 종알거리며, 익숙하게 손을 씻고는 티브이 앞에 앉아 맥주 캔을 땁니다. 두 시간 정도 낄낄거리다 다시 이틀짜리 홍대 집으로 돌아옵니다.

　내일은 좋아하는 카페에 걸어가 글을 쓸 거예요. 아니, 좋아하는 카페를 여러 군데 다녀 볼까요. 지하철을 타거나 차를 운전해 오던 길을, 걸어 다닐 수 있다는 사실만으로도 벌써 흥분됩니다. 자주 지나다니던 홍대 골목길이 집 앞 산책로라 생각하니 더 정감이 가요. '이 여행이 끝나면, 나는 자주 살아보고 싶은 도시로 여행을 떠나야겠다' 생각합니다. '언젠간 그곳에서 살아 보아야지'라는 먼 상상보다, 하루나 이틀이라도 살아 보며 여행 아닌 생활자가 되어보는 경험이 이리도 재미날 줄 몰랐거든요. 어쩌면 좋죠,

살수록 재미난 일들이 늘어나네요.

익숙한 일상에서 만나는 낯설고 짧은 순간들 덕분에 살맛, 납니다. 아주 납니다.

당신 참 사랑해요

당신 참 사랑해요. 당신 참 사랑해요. 당신 참 사랑해요.
당신 참 사랑해요. 당신 참 사랑해요. 당신 참 사랑해요.
당신 참 사랑해요. 당신 참 사랑해요. 당신 참 사랑해요.
당신 참 사랑해요. 당신 참 사랑해요. 당신 참 사랑해요.
당신 참 사랑해요. 당신 참 사랑해요. 당신 참 사랑해요.
당신 참 사랑해요. 당신 참 사랑해요. 당신 참 사랑해요.

사랑 그대로의 사랑으로요.

5장 서울역

삶이 시들해질 땐 기차역으로

핑크색과 하트 무늬

식욕이 없을 때 읽어 보아요

그렇다고 다음이 두렵지 않은 건 아니고

잘 살 수 있을까요

아직 젊은 우리는 한참이나 살아야 해서

그런데 당신이 호두과자를 좋아하려나요

나는 좋은 사람은 아닙니다만

아름다운 추억은 힘이 세지요

과거는 역사가 되고, 오늘이 되는군요

마음의 겨울이 흘러갑니다

다음엔 세수를 먼저 해야겠어요

당신 참 근사해요

삶이 시들해질 땐 기차역으로

삶이 시들해질 땐 기차역으로 여행을 떠납니다. 급히 심폐소생술이 필요할 때 주말 정체를 뚫고서라도 번잡함 속에 들어옵니다. 고요하고 평온한 상태를 좋아하지만 시들한 마음에 생기를 불어넣고 싶을 땐, 생기 안으로 들어가는 겁니다. 떠들썩하고 흥겨워 시끄럽기까지 한 주말 기차역 흥분 안에 들어와 있노라면 시들한 마음은 기지개를 폅니다. 낯선 공간에서의 나는 지루할 틈이 없습니다. 빨간 버스를 타고 서울역에 내려 길을 건너는 순간부터 동공은 설렘으로 팽창합니다. 서울역이라는 글자를 바라보며 도로의 중간 버스 정류장에 서 봅니다. 고개를 돌려 낯선 건물들을 살펴봅니다. 가만, 이 동네는 좋아하는 미술관이 있는 동네였네요. 대각선 오른쪽 골목길로 올라가면 무엇이 나올까요? 도시를 구석구석 쏘다녔다 생각했는데 낯선 장소

는 여전히 많네요. 다행입니다. 일단 오늘은 길을 건너 역
안으로 들어섭니다.

어디로 가시는 건가요? 그곳에 저도 함께 가고 싶어요.
손을 내밀어 악수를 청하고 포옹을 하고 배웅하는 이들 곁
을 거닙니다. 도망치듯 부산으로 향하는 기차역에 오던 제
가 보이는 것 같아요. 지방 강연을 처음 의뢰받아 설레는
마음으로 기차를 타던 저와 이별의 슬픔을 달래기 위해 기
차를 타던 저도 보이네요. 사랑하는 이에게 전화를 걸어
볼까, 메시지를 남겨볼까 망설이던 저와 반가운 친구가 서
울역에 와 함께 식사를 하던 저 그리고 행선지를 찬찬히
읽으며 즉흥 여행을 떠나던 저도 보입니다. 이른 아침 기차
역에 도착해 커피를 사 마시며 잔뜩 긴장해 있는 저와 근
심 걱정 없이 놀러 가 들떠있던 제가 보여요.

숱한 날들 속의 제 모습이 변함없이 한자리에 있는 기차
역 안에 있습니다. 코끝이 찡하네요. 시들한 배추처럼 힘없
이 처져 있던 어깨에 멘 가방을 고쳐 메고 걷습니다. 발걸
음은 빨라집니다. 우울한 나를 위로하는 방법을 알고 있다
는 건 크나큰 행운입니다. 마음이 시들어 버린 날에 이리

심폐소생술을 할 수 있으니까요. 타인에게 기대어 부담 주지 않기. 혼자 잘 해내기. 조금 외롭지만, 건강한 자기 회복을 할 수 있어야 타인과도 조화롭게 지낼 수 있을 테니까요. 이것이 섬세하고 까다로운 나를 데리고 사는 방법 중 하나입니다.

핑크색과 하트 무늬

 기차역 안의 카페는 늘 사람이 많고, 주말 기차역의 카페는 더더욱이 사람이 많습니다. 말소리가 만들어내는 한 덩어리의 음이 소음 같다 여겨졌는데, 오늘은 음악처럼 들립니다. 서로 다른 우리들이 어우러져 살아가고 있다는 화음 같습니다. 이상합니다. 해가 바뀌었다고 모난 마음이 다 듬어질 리 없는데요. 잠을 자고 있는 사이 쪼잔한 제가 아주 조금 너그러운 인간이 되었나 봅니다. 아주 작은 눈금만큼씩만 자라도 일 년에 일 센티씩 마음의 크기가 넓어질 수 있다면, 오랜 시간이 지났을 땐 좁은 속이 너그러워져 있겠지요? 그러리라 믿고 싶은 기차역 안의 여행자입니다.

 애플 시나몬 와플과 라테를 주문해 착석합니다. 손가락에 묻은 애플 시나몬 시럽을 쪽쪽 빨며 라테를 몇 모금 마시니 행복해집니다. 참 행복해지긴 쉽습니다. 거대하고 큰 행복에 대한 기대만 접으면 말입니다. 손수건만 한 행복을 조각조각 모아 스카프만 한 행복이 되고, 스웨터만 한 행복이 됩니다. 이불만 한 행복이 되려면 매일 조금씩 기뻐하고 행복해하면 됩니다. 작고 소소한 순간들의 행복을 모아, 어제의 행복한 나와 오늘의 행복한 내가 만나 내일의 행복한 내가 됩니다. 시기와 질투로 마음이 고단해질 때 조각 같던 행복의 이불을 꺼내어 덮어봅니다. 마음을 감싸는 이불로 못난 마음을 덮어 포근해집니다.

적당히 부른 배와 생각보다 맛있는 커피 그리고 글을 쓸 수 있는 시간과 노트북이 있음에 행복합니다. 행복의 이유를 찾기 시작하면 생각보다 너무 많아 당황스럽습니다. 이리도 많은 행복이 내게 있었는데 왜 몰랐던 것일까요. 어제의 나는 슬펐지만, 오늘의 나는 행복합니다. 미소를 지으며 노트북을 꺼내는데 옆 테이블에선 30대 중반 남자 셋의 결혼 고민과 연애 이야기가 한창입니다. 너무 재미져 왼쪽 귀가 커집니다. 그들이 허공에 보내는 의문에 대답을 해주고 싶은데, 아무래도 이상한 여자 같아 참습니다. 더 이상 이야기를 듣기 민망해 자리를 옮기려는데 남자 셋이 일어섭니다.

이번엔 세지 않고 대충 눈으로 보아도 많은 수의 아이와
어른, 외국인과 함께 온 일행이 들어와 자리를 찾습니다.
테이블을 들고 와 아이들을 따로 앉히려길래 제가 이동하
겠다 합니다. 그들에게 자리를 내어 주고 구석에 자리 잡고
이제 정말 원고를 써 보려는데, 방금 자리를 양보받은 일행
중 한 분이 예쁜 빵을 건네고 가십니다. "이런 거 안 주셔
도 되는데….'라 말하는 제 눈을 보면서 웃는 그녀를 보니,
함께 웃게 됩니다. 고맙습니다. 동그란 플라스틱 통 안에 들
어간 빵은 핑크색 동그라미 안에 하트가 그려져 있습니다.
그러고 보니 핑크와 하트는 참 따뜻하게 어울리는 색입니
다. 낯선 이에게 보낸 작은 마음이 핑크색 하트로 돌아옵니
다. 기차역은 이리도 사랑이 넘칩니다. 시들이 뭔가요, 먹
는 건가요? 아까 커피 안에 타 마신 그 감정이었던 거 같은
데… 잘 기억나지 않네요, 이제.

식욕이 없을 때 읽어 보아요

흔히들 인간이 가진 3대 욕구는 식욕, 성욕, 수면욕이라 하지요. 먹고 싶지 않고, 섹스하고 싶지 않고, 잠을 자고 싶어 하지 않는다면 아마도 살아있지 못할 거예요. 하루만 잠을 못 자도 며칠 내 피곤해지는걸요. 한데 오늘은 이상하게 먹고 싶은 음식이 없습니다. 먹는 게 귀찮아 배를 불리는 알약이 개발된다면 좋겠다 싶다가도 음식을 눈과 코와 입으로 즐기는 낙에 살기도 합니다. 기차역 이 층 푸드 코트로 가 메뉴판 앞에 서 봅니다. 메뉴를 전부 다 읽어도 식욕이 살아나지 않으면 병원에 가볼 참입니다. 어딘가 고장 났을 테니까요.

전주비빔밥, 열무보리 비빔밥, 전주 돌솥비빔밥, 낙지 돌솥비빔밥, 불고기 돌솥비빔밥, 튀김만두, 찐만두, 육즙고기만두, 모듬만두, 피냉면(매운맛/보통맛), 북촌 만둣국, 쫄면,

사골칼국수, 고기국수, 비빔 고기국수, 냉밀면, 수육국밥, 얼큰 고사리국밥, 고사리국밥, 떡갈비, 크리스피 카레라이스, 토마토 아스파라거스 카레라이스, 치킨까스 카레라이스, 빅 소시지 카레라이스, 라이트 야채치킨 스몰 카레라이스, 카라야케, 해물크림카레우동, 소고기 카레우동, 스테이크 덮밥, 큐브 스테이크 덮밥, 목살 슬라이스 덮밥, 매운 목살 덮밥, 치킨 데리야키 덮밥, 불닭 덮밥, 연어 덮밥, 연어 반참치반 덮밥, 차돌양지 쌀국수, 차돌양지 쌀국밥, 리틀 파파 매운 쌀국수, 스페셜 콤포 쌀국수, 짜조 군만두, 오므라이스, 모차렐라 치즈 오므라이스, 크리스피순살치킨 오므라이스, 알새우 오므라이스, 치즈 불닭 덮밥, 제육 덮밥, 알밥, 라면, 해물 짬뽕 라면, 야채 김밥, 참치 김밥, 충무 김밥, 떡볶이, 오뎅 정식, 북창동 순두부, 김치 순두부, 콩비지찌개, 해물 순두부, 만두 순두부, 햄 치즈 순두부, 청국장 순두부, 물냉면, 비빔냉면, 회냉면, 순댓국, 갈비, 사골 떡만둣국, 뚝배기 얼큰 만둣국, 수제돈가스, 치즈돈가스, 카레돈가스, 어묵 우동, 새우튀김 우동, 판메밀, 냉메밀, 김치찌개 반상, 된장찌개 반상, 콩나물황태 해장국, 장터 육개장, 뚝배기 설렁탕, 서울식 소고기국밥, 영양 갈비탕, 고등어/삼치구이 정식, 뚝배기 불고기, 뚝배기 김치 불고기, 제육두루치기정식, 오삼 불고기 정식, 4색 모듬 정식, 계란말이 고추장 불고기 정식, 자연 쌈밥 정식, 짜장면, 해물짬뽕, 김치 볶음밥, 김치 치즈 볶음밥, 왕새우 해물 볶음밥, 훈제 닭다리 볶음밥, 매콤 낙지 볶음밥, 탕수육 세트, 토마토 탕수육….

꼬르륵… 정신이 혼미합니다. 비루하고 작은 위장 같으니. 왜 한 끼 식사에 메뉴 열 개쯤 소화해내질 못하는 거니! 속으로 한탄하며 넘치는 식욕에 행복한 고민을 합니다.

그러고 보니, 다행입니다.
병원에 가지 않아도 되겠어요.

그렇다고 다음이 두렵지 않은 건 아니고

오늘은 서울역을 마주 보며 서 있는 건물에 회의를 다녀 왔습니다. 실은 안내 문자에 적힌 【서울역 건너편 건물입니다】라는 문구에 출발 전부터 마음이 울렁입니다. '처음'은 언제나 떨립니다. 시도해 본 적 없으니 결과를 예측할 수 없기 때문에 두렵고도 불안합니다. 그렇다고 '두 번째'나 '세 번째'가 두렵지 않다는 말은 아닙니다. 다만 실수나 실패 같은 것들에 조금 더 유연해질 뿐이지요. 어쩌면 처음이라는 미지의 기대 때문에 용감하고 씩씩해지는 것 같습니다. 끝을 미리 알고 읽는 소설이나 영화처럼 김빠지지 않으니까요. 오늘은 어떤 일을 '처음' 대면하는 날입니다.

노트와 펜을 챙겨 들고 어떤 이야기를 나눌지, 일이 어떤 방향으로 진행될지 상상하니 설렙니다. 프리랜서로 오래 살다 보면 불안함과 두려움은, 막막함과 설렘이라는 감정과 함께 일을 잘 끝낼 수 있는 연료가 되기도 합니다. 불안하기 때문에 열심히 하고, 미래를 예측할 수 없기 때문에 현재를 즐기는 거죠. 미지의 내일은 알 수 없기에 그저 오늘에 충실할 뿐입니다. 오늘 재미있게 산다면 내일도 재미있게 살 것입니다. 그런 즐거운 오늘이 모여 한 편의 인생이라는 책이 완성됩니다. 서울역으로 향하는 버스 안에서 이렇게도 즐거운 생각을 하며 갑니다.

즐거운 생각을 하며 도착한 서울역 건너편 건물 일 층에서 방문자 스티커를 발급받고 십삼 층으로 올라갑니다. 공유오피스의 흥겨운 풍경을 바라보며 담당자분을 기다리다 커—다란 통창 앞으로 다가섭니다. 와… 서울역이 한눈에 보입니다. 배웅하는 이, 떠나는 이, 지나는 이가 한데 모여 이루는 흥겨움을 상상하니 마음이 경쾌해집니다. 배실 배실 새어 나오는 웃음을 머금고 회의를 합니다. 마음이 경쾌하니 재미진 아이디어도 샘솟습니다. 참으로 신기합니다. 어쩜 이리도 많은 일들이 마음먹기에 달린 것일까요. 처음 가본 초행길은 이제 알아갈 길이 됩니다. 이미 잘 닦여진 길을 따라 걷고 싶지 않습니다. 넘어져 보고, 벽도 뚫어보고, 옆길로도 새어 보고, 길이 아닌 길로도 가보고 싶습니다. 경쾌한 생동감으로 길을 만들고 싶어요. 제가 가고 있는 이 길이, 또다시 새로운 길이 되겠지요. 두렵지만 설레는 처음 앞에 서 있습니다.

잘 살 수 있을까요

　강연을 위해 기차를 타면 신이 납니다. 낯선 도시를 찬찬히 걸으며 여행도 하고, 일도 하며 그날만큼은 쓸모 있는 인간으로 살아가는 생각이 들어서요. 작업을 하거나 친구를 만나지 않을 때는 일부러 커피를 사 마시는 일이 적습니다만, 강연을 가는 날은 낭비에 대한 죄책감 없이 커피를 테이크아웃 합니다. 좋아하는 커피를 사 마시면서도 오늘 일한 돈으로 나에게 주는 선물이라 생각합니다. 커피를 마시며 어슬렁어슬렁 낯선 기차역을 걷습니다. 아주 사소한 풍경과 간판에 쓰인 글씨조차 신선합니다. 있던 자리를 떠나는 일이 이리도 좋은데, 사실 돌아갈 곳이 있기 때문이기도 합니다.

　역 안 산책을 끝내면 기차를 타러 갑니다. 워낙에 길치인데다, 어리바리 해 한 번에 타야 할 플랫폼에 서는 일이 적

습니다만 아주 가끔 아무에게도 묻지 않고 제 위치에 서기
도 합니다. 한데 이상하게 찝찝합니다. 아무에게도 묻지 않
고 한 번에 자리를 찾아간 스스로가 어색합니다. 나라는
사람은 실수하고, 길도 잘못 들고, 두어 번쯤 뱅뱅 돌아야
제자리에 앉을 수 있는데요. 어쩐지 내 자리가 아닌 것 같
아 몇 번이고 기차표와 자리를 확인하고 기차가 출발한다
는 안내 방송이 나오고 나서야 꼭 쥔 가방을 내려놓고 안
심합니다.

책과 노트와 펜, 생수와 이어폰을 차례대로 꺼냅니다. 기
차는 생각과 상념을 자유로이 풀어내기 딱 좋은 공간입니
다. 도착하기까지 시간이 아─주 많고, 좁은 공간에서 할
수 있는 일이라곤 음악을 듣고 책을 읽고 생각을 하고 메
모를 적고 잠을 자는 일들뿐이지요. 제한적인 행위들이 실
은 가장 아끼고 사랑하는 행위들입니다. 굳이 기차를 타지
않아도 되는 거리지만, 아끼는 행위를 더 맛있게 하려고 타
기도 합니다.

읽던 책을 펼쳐 몇 장 읽다 문장 하나에 눈길이 머뭅니
다.

"잘 살 수 있을까?"

아. 잘 살 수 있을까. 그러게요, 잘 살 수 있을까요? 펜을 꺼내어 노트에 끄적거려 봅니다.

나는 잘 사는 사람입니다.
나는 잘 '사는' 사람입니다.
나는 '잘사는' 사람입니다.
나는 잘 '사' 는 사람입니다.

몇 번이고 적다 다시 생각합니다. 잘 산다는 게 무엇일까요. 인생을 잘 산다는 것일까요, 물건을 잘 산다는 것일까요? 전자는 모르겠지만, 후자는 잘 하고 있는 것 같습니다. 적어도 이틀에 한 번은 야채를 사고, 고기를 사고, 생수를 사며 살고 있으니까요.

제가 생각하는 (물질적으로)잘 사는 이의 기준은 현실에 매사 불평불만을 가지기보다 만족을 추구하는 이라 생각합니다. 제가 책 읽기를 아무리 좋아한다고 해서 눈 떠있는 시간 동안 책을 읽는다 한들 세상의 모든 책을 읽을수 없음에 통탄하는 것과 현재 가진 것보다 더 많이 가지지 못함에 통탄하는 것. 모두 능력 밖의 자신을 꿈꾸기 때문 아닐까요.

제가 생각하는 (정신적으로)잘 사는 이의 기준은 아주 평범한 어떤 날의 행복과 감사를 아는 사람입니다. 함께 모여 먹는 따뜻한 밥 한 끼의 온기에도 기뻐하는 이라면 그가 물질적으로 가진 규모와 무관히 잘 사는 사람, 이 아닐까요. 물론 (개인이 정한 기준에서)물질적으로, 정신적으로 양쪽이 다 만족스러운 삶이라면 더할 나위 없이 좋겠지요.

어떤 음식을 먹느냐가 건강을 나타내듯, 어떤 감정을 지니고 있느냐에 따라 인생의 만족도가 달라지지 싶습니다. 특히 어떤 음식을 먹느냐에 따라 몸이 보내는 신호는 정확합니다. 큰- 아이스커피 한 잔을 시원하게 마셨더니 소변이 마려워 죽겠습니다. 몸을 꼬며 일어섭니다. 비틀거리며 화장실로 달려가 만족스럽게 일을 봅니다.

손을 씻으며 거울을 보는데, 거울 속 제 표정이 참으로 '잘 사는' 이 같이 웃고 있습니다. 엉덩이를 실룩거리며 경쾌하게 자리로 돌아옵니다. 잘 살 수 있을까요, 라는 질문이 조금은 가볍게 느껴집니다.

기차는 이제 정차역에 도착하려 합니다. 이제, 하던 생각을 접고 이 도시에서 무얼 먹어야 기쁠지 생각해야겠습니다. 식당 찾기 여행을 할 생각에 벌써부터 침이 고입니다. 걸을 수 있고, 숨 쉴 수 있고, 하고 싶은 일 할 수 있는 오늘은 잘 살고 있는 것도 같아요.

아직 젊은 우리는 한참이나 살아야 해서

지나고 나면 아무것도 아니라고 하는데, 아직 젊은 우리는 지나지 않아 이리도 아픕니다. 시간이 약이라 하는데, 약을 받으려면 한참이나 살아야 해서 자주 웁니다. 이러지도 저러지도 못해서 답답합니다. 한참이나 나에게 실망할 때, 기차역을 서성이지 않고 기차를 탑니다. 때론 해결할 수 없는 문제에서 도망치듯 떨어져 있음이 마음 안정에 큰 도움이 되기도 하니까요.

오늘은 당신과 부산으로 향합니다. 부지런한 당신과 느린 나는 기차 시간을 한 시간씩 조율하여 만납니다. 당신은 한 시간 늦게, 나는 한 시간 빨리 기차를 탑니다. 기차에 올라선 우리는 기차를 타기 전 우리와 다른 생기로 빛납니다. 기차는 어느새 부산역에 도착했고, 당신이 가고 싶다던 카페로 택시를 탑니다. 택시 창밖으로 보이는 도시 풍경에 눈이 휘둥그레 해집니다. 삼천 팔백 원을 계산하고 이른 아침의 부산 카페에 들어섭니다. 사진을 찍으며 낮은 목소리로 담소를 나눕니다. 여행 일정을 촘촘히 계획해야 하는 당신과 목적지만 있다면 발길 닿는 대로 여행을 다니는 나는 참으로 다릅니다. 다르니까 틀리다, 라 비난하지 않고 서로의 걸음에 맞추어 주며 친구라는 이름으로 시간을 보내온 우리의 두 번째 여행입니다.

 지난 여행에선 당신의 계획에 맞추어 하루에 이만 오천 보를 걸으며 부지런히 돌아다녔습니다. 이번 여행에선 나의 무계획에 맞추어 발길 닿는 대로, 지금 마음이 이끄는 대로 다니기로 합니다. 사실 내심 걱정이 되어 평소와 달리 가야 할 곳을 미리 검색해 보기도 했습니다. 부산의 독립책방과 갤러리를 중심으로 여행하자 제안합니다. 흔쾌히 따라나선 당신 얼굴에 드리운 그늘이 조금씩 개입니다. 따뜻한 차를 마시고 남포동 시장으로 향합니다. 혼자보다 둘이니 더 많은 것을 맛볼 수 있을 겁니다. 우리는 먹고, 마시고, 걷고, 웃고, 또다시 먹고, 이야기 나눕니다. 사이좋게 스카프도 사고, 빈티지 재킷도 입어봅니다. 길을 헤매어도 즐겁습니다. 그 길은 또 다른 추억이 되어 주니까요. 우리는 골목 산책을 아주 느긋하게 즐깁니다. 유튜브에 브이로 그를 업로드해 볼 심산으로 여행을 영상으로 기록합니다. 평소와 다른 질문을 던지는 나에게 당신은 성심성의껏 대답해줍니다. 배를 채우고 보수동 책방골목으로 향합니다. 책을 읽고, 책을 사고, 메모를 하고 커피를 마십니다.

지친 우리는 지하철을 타고 해운대로 향합니다. 바다가 보이는 숙소에 들어서 두 개의 침대 중 당신이 양보해준 넓은 침대에 눕습니다. 한참을 뒹굴 거리다 여기까지 와서 바다를 보지 않을 수 없다며 해운대 밤바다를 거닙니다. 모래를 밟으며 당신은 말합니다.

"실은 내가 한동안 너무 우울했어. 누구에게 말도 못 할 만큼 우울했는데, 오늘 너랑 바다에 오니까 숨이 좀 쉬어진다."

휴대폰 화면으로 이야기를 나누던 당신은 웃고 있었는데, 오늘의 당신은 슬퍼 보입니다. 가만히 눈을 깜빡이며 당신의 이야기를 듣습니다. 오늘 밤은 길고도 깊을 것 같아요. 시간이 약이라면, 약이 되는 시간 동안 우리가 이야기를 나눌 수 있으니까요. 툭 털어버려요. 나는 잊을게요, 오늘은 당신의 이야기를 진지하게 듣고. 돌아가선 또 당신에게 시답잖은 장난을 걸고, 우스갯소리를 할 겁니다. 조용히 당신의 시간이 흐르길 함께 기다리면서요. 기차를 타고 바다에 오길 잘했습니다.

그런데 당신이 호두과자를 좋아하려나요

지하철역을 나올 때마다 달콤한 델리 만주 향에 멈칫합니다. 어차피 먹어봐야 아는 맛, 이라지만 따뜻하고 달콤한 한 입을 베어 무는 상상을 하며 짧은 순간 먹을까, 말까를 이십 번 쯤 고민합니다. 기차역 플랫폼 앞 호두과자 매장을 지날 때마다 또 멈칫합니다. 향이 느껴지지 않는 호두과자를 보며 당신을 생각합니다. 어느 날부터 다녀오는 손이 비어 있으면 미안해집니다. 여행이 외로웠다 투덜거리지만, 혼자 있음으로 얻은 생기 반짝이는 낯빛은 거짓말을 하지 못합니다. 맛이 없을 것 같은데, 보리떡을 살까 고민하다 기차역에 새로 생긴 기념품 매장을 찬찬히 구경합니다. 무엇이 필요할지, 이걸 받으면 좋아할지 고민하다 결국 호두과자를 사기로 합니다. 가장 보편적인 게 정겹지 않을까요. 무궁화호를 타고 느리게 다녀온 저의 시간처럼요.

계산을 하고 건네받은 호두과자 박스가 생각보다 무겁습니다. 한 손엔 캐리어를 끌고, 한 손엔 호두과자를 들고 걷는 발걸음이 가볍습니다.

나는 좋은 사람은 아닙니다만

　이상하게 당신에게 마음이 갑니다. 우리는 한 달에 한 번
씩 만납니다. 모임 안에서 자주 이야기를 나누지도, 매달
보지 못해도 당신이 친근합니다. 반달 웃음을 짓는 당신의
이야기가 궁금합니다. 알게 된 지 아홉 달쯤 되어 우리는
함께 식사할 기회가 생겼습니다. 당신의 착한 마음 씀씀이
덕분에 도움을 받아, 따뜻한 밥을 대접하고 싶어 만남을
청했습니다. 지하철 4호선 회현역 5번 출구, 버스로는 서울
역 한 정거장 거리에 남대문 시장이 있습니다. 남대문 시장
에서 만나 시장 구경을 한 뒤 해방촌에서 식사를 하자 청
합니다만, 막상 먼저 도착해보니 너무도 복잡해 사석에서
처음 만나는 이들이 이야기 나누기엔 적합하지 않다 생각
됩니다. 해방촌에서 만나자며 예약해둔 장소의 주소를 메
시지로 알려주고는 핸드폰을 가방에 넣고 바지 주머니에

손을 찔러 넣으며 슬렁슬렁 시장을 걷습니다.

모퉁이를 돌자마자 만난 도너츠 가게에서 찹쌀 도너츠와 꽈배기를 한 봉지 삽니다. 설탕 가득 묻은 쫄깃한 도넛을 입에 넣고 손가락을 쪽쪽 빨며 골목, 골목을 구경합니다. 사람도 많고 물건도 많습니다. 한국인도 많고 외국인도 많습니다. 가방, 의류, 신발, 그릇, 액세서리, 말린 과일, 김 등을 파는 시장을 지나 갈치조림 골목에 들어섭니다. 양은 냄비에 지글지글 끓고 있는 빨간 갈치 국물에 말캉한 무 하나 건져 밥에 석석 비벼 먹고 싶네요. 검은 김을 펼쳐 밥과 생선을 올린 다음 입에 넣고 오물오물했던 기억을 떠올리며 칼국수 골목을 구경합니다. 허름해서 정겨운 이 가게에는 참 많은 사람들이 칼국수를 먹습니다. 직접 반죽한 칼국수는 투박하고 도톰합니다. 쫄깃한 찰밥, 참기름 냄새 고소한 야채비빔밥, 비빔냉면, 된장국물, 유부가 들어간 칼국수까지. 육천 원에서 칠천 원을 내면 모든 걸 먹을 수 있습니다. 외국인들 사이에 앉아 칼국수를 주문하고 호록 호로록 국수를 먹습니다. 국수 자락이 사라질수록 근심도 사라집니다. 배가 부르다 못해 터질 것 같아 남은 찰밥을 포장합니다. 비닐봉지에 무심한 듯 포장해주시며 찰밥을 더

없어 주십니다. 내일 아침 배부르게 먹겠습니다. 감사합니다. 정겹게 웃으며 만 원 한 장을 내밀고 거스름돈을 받아 듭니다.

다시 시장 구경을 시작합니다. 예쁜 귀걸이를 구경하다 꽃 시장까지 올라갑니다. 향긋하고 아름다운 꽃이 가득한 삼 층은 일 층과 또 다른 세상 같습니다. 꽃을 보면 절로 웃음이 납니다. 나도 절로 웃음이 날만큼 은은한 향기 나는 사람이길 소망해 봅니다. 꽃 시장을 내려와 해방촌에 가기 위해 도로가 보이는 길로 걸어갑니다. 몇 걸음 떼지 않아 진동하는 기름 냄새와 긴 줄을 발견합니다. 야채호떡 천원, 꿀호떡 천원. 팻말이 쓰인 포장마차에서 잡채, 당근, 양파 등이 들어간 두툼한 야채호떡에 야채간장을 슥- 발라 쉼 없이 내어 줍니다. 줄을 서 기다리는 이들의 설레는 표정과, 받아든 이들이 기뻐하며 베어 무는 한 입을 바라봅니다. 연신 맛있어하며 먹는 이들을 바라보다 따라 줄을 섭니다. 배는 부르지만, 오늘 흥겨운 축제를 놓칠 순 없으니까요. 줄 서기를 싫어해 줄을 서야 하는 맛집엔 가지 않지만, 오늘만은 줄을 서고 싶습니다. 사실, 도너츠와 칼국수로 배가 불러 마음이 넉넉하기도 합니다.

천 원 한 장을 손에 꼭 쥐고 이십여 분을 기다려 호떡을 받아듭니다. 기름에 튀기면 신발도 맛있다던데, 당연히 호떡은 더더욱 맛있네요. 호떡을 오물거리며 어느 방향에서 택시를 탈지 둘러봅니다. 가방엔 책이 두 권 들어 있어요. 미리 도착해 책을 읽으며 당신을 기다릴 생각입니다. 예쁜 식기가 나오는 식당에서 식사를 하고 소주를 마시러 북엇국 집으로 가자 청해 볼 참입니다. 소주 한 잔 나누며 시시콜콜한 이야기를 주고받고 싶어요. 시시콜콜한 시간을 보내며 천천히 친해지길 바랍니다. 급히 먹은 밥처럼 체하지 않고 천천히 꼭꼭 씹어 오래오래 볼 수 있게요. 사실, 나는 좋은 사람은 아닙니다만 좋은 사람이 '되고 싶은' 사람입니다. 그러니 당신에게 내가 먼저 좋은 사람이 되어보도록 하겠습니다. 남대문 시장의 푸근한 온기를 지니고, 만날 당신을 기다리며 읽는 책의 문장이 참으로 달달합니다.

아름다운 추억은 힘이 세지요

정신 차리고 눈을 떠 보니 그들의 연희동 신혼집 작은방이었습니다. 행여 필요한 게 있을까 봐 아주 조금 문을 열어두고 나간 그들이, 빨래를 개키며 나누는 작은 말소리가 음악처럼 번집니다. 다정한 풍경입니다. 누워 말소리를 들으며 하루를 되짚어 봅니다.

쌀국수를 먹다 체하고 말았습니다. 브레이크 타임이 지나길 기다리며 마트에서 소스도 구경하고 사소한 식재료를 샀습니다. 얼마 전에 와서 먹었는데 맛있었다며 데려온 당신의 마음이 너무도 따뜻합니다. 우리는 브레이크 타임이 끝나자마자 온 첫 손님입니다. 금방 튀겨 나온 짜조는 딱 알맞게 고소하고, 차는 따뜻하고, 쌀국수는 역시나 맛있습니다. 우리는 두 시간 내내 녹음을 했고, 그 때문에 몹시도 허기져 국수 가락을 급하게 후루룩 넘기다 체하고 맙니다. 종종 체하기 때문에, 한 시간만 배를 펴고 누워 있으면 나을 걸 알고 있습니다만 당신은 놀라고 말았습니다. 아마도 얼굴빛이 점점 변하고 있었겠지요. 당신의 집으로 가자는 청에, 미안해 거절해 보지만 실은 강변 북로가 꽉 막히는 저녁 시간을 견뎌낼 재간이 없었습니다. 아직 퇴근 전인 인근에 사는 친구 집에 들어가 누워 있겠다 말했지만, 다정한 당신은 배를 부여잡고 운전할 나를 그냥 보내지 못합니다. 결국 민폐를 무릅쓰고 당신의 신혼집 작은방으로 들어가 눕습니다. 약을 가져다주고, 따뜻한 차를 가져다주고, 바늘 같은 걸 가져다준 것 같습니다. 얕은 잠에서 깨어나니 그제야 살 것 같습니다.

사실 우리는 낮에 책 방송 녹음을 위해 만났고, 나는 당신을 게스트로 모셨습니다. 노래를 만드는 당신과 나누는 이야기를 청취자분들이 좋아하십니다. 오늘은 유독 무겁고 아픈 주제로 이야기를 나누었고, 녹음 중간에 당신은 숨을 쉬기 어려워했습니다. 나는 마음이 슬퍼져 눈물을 흘리기도 했습니다. 녹음이 끝나고 이야기를 나누며 장을 보았지만, 감정은 아직 남아 있습니다. 남아 있는 감정은 음식을 소화시키지 못하고 체하고야 맙니다. 아스라이 해가

져가는 오후, 기타 소리가 뚱땅거리는 당신의 집 작은방에 내가 누워 있는 이유입니다.

당신의 남편과 셋이 나란히 테이블에 앉아 연희동 골목길에서 해가 져 가는 풍경을 바라보며 차를 마셨고, 다정하고 낮은 이야기를 나누었습니다. 보통은 낮에 녹음을 하면 저녁은 대화에 집중하기 어려운데 그날은 유독 재미있던 대화였습니다. 낮과 밤이 모두요. 앞에 놓인 머그컵에 따뜻한 차가 떨어질 때마다 조용히 채워 주던 당신의 다정함은, 기어코 집을 나서는 제 손에 청포도까지 들려 보냅니다. 우리는 다정한 포옹을 하고 헤어집니다. 착한 사람들의 다정한 기운에 체기는 내려가고 온기만 남았습니다. 집으로 돌아오는 길, 배가 편안합니다.

기차역에서 한참 남은 기차 시간을 기다리다 문득 잊고 지내던 그날의 잔상이 지나갑니다. 막히지 않는 강변북로를 지나 집으로 오던 그날의 다정함이 생각나는 노을입니다. 아름다운 추억은 힘이 셉니다. 기억 속에 잠들어 있다 유독 마음이 쓸쓸한 날 나와 주어 이리도 다정한 마음으로 기다림을 맞이하게 합니다. 얼마 전에는 비가 내리는 날

쓴 글에 당신은 슬픈 나의 마음을 알아차려 주었습니다. "울 일이 있었는데, 울지 못하고 지나간 마음을 비가 대신 울어 주는 것 같아요."라는 문장에서 "울 일이 있었는데─ 부분을 비유적으로 썼는데, 혹시 진짜 그런 마음이 있었던 건 아닐까. 잠시 그 마음에 머물러 본다오."라며 마음 안에 머물러 주십니다. 잘 참고 지나간 '울 일'이 이제야 터집니다. 하지만 아프지는 않습니다. 눈물을 닦으며 당신의 다정함에 미소 짓고 있으니까요. 자주 만나지 않아도 마음이 통하는 이가 있습니다.

아마도 당신이지요.

과거는 역사가 되고, 오늘이 되는군요.

  낡은 것과 지나간 것은 나름의 아름다움이 있습니다. 이
곳도 지나간 아름다움이 현대와 만나 있습니다. 1925년
당시 경성역으로 완공되었다가 2004년 ktx 고속터미널이
생기며 역의 기능을 상실한 역사입니다. 현재는 <문화역 서
울 284>라는 문화공간으로 활용되고 있습니다. 공간 투
어 프로그램으로 복원된 과거를 여행할 수 있고 다양한 공
연, 전시, 퍼포먼스가 진행되고 있습니다. 경성역이던 역사
를 상상하다 낡은 고가 도로가 공원으로 변신한 '서울로
7017'을 향해 걷습니다. 과거엔 차량이 지나다니던 고가
도로가 하중으로 인해, 안전 문제가 제기되어 차량 운전을
전면 통제하고 철거 수순을 밟게 됩니다. 철거 수순 중 '안
전 문제가 하중 때문이라면, 차량이 아닌 사람이 다니는
길로 변화시키는 건 어떨까'라는 아이디어가 제기되고 공

모전을 통해 공중 정원 방안이 당선되어, 오늘의 서울역 고가공원이 만들어졌다고 합니다.

차량으로 지나다녔던 길을 걸으니 미래 여행을 하는 착각이 듭니다. 과거에 차를 타고 고가를 지났던 내가 현재이고, 걸어 고가를 걷고 있는 내가 미래인 것입니다. 지나간 것을 보존함은 과거와 현재를 잇는 역사가 됩니다. 찌질하다 치부한 어제도 오늘이 지나면 역사가 될 수 있겠지요? 기차가 다니던 역사는 문화공간이 되고, 차가 다니던 길은 사람이 지나다니는 공원이 되어 있습니다. 까아만 밤, 고가도로에 서 바삐 지나는 차량의 불빛을 바라봅니다.

차량이 지나는 모습들이 영화 같고, 그림 같습니다. 차 안에 타고 있을 땐 아름다운 풍경의 일원인 줄 모르고 목적지를 향해 정신없이 달려갔는데, 몇 발자국 떨어져 바라보니 도시의 일원으로 함께 합니다. 눈앞에 있는 순간이 아름다운 줄 모르고 멀리서 봐야만 아름다운 줄 알다니. 실수하고 후회하고 어지러운 날들도 모여 아름다운 미래가 되어줄 것입니다. '아름답다'의 기준은 어차피 내가 만드는 것이니까요. 잘 지내온 얼룩도 아름답다 생각한다면,

아름다운 것입니다. 철거 위기에 놓여 있던 도로가 이토록
아름다운 공원이 되었듯이요. 용기가 생깁니다. 실수하고
넘어져도 다시 일어설 용기 말입니다.

마음의 겨울이 흘러갑니다

캐리어 끄는 소리는 심장 소리를 닮았습니다. 작은 바퀴들이 짐을 가득 안고 노면을 굴러가는 방향으로 시선이 따라갑니다. 캐리어를 끄는 경쾌한 음악과 두 발걸음이 흥겹습니다. 삶이 춤을 추는 모습 같아요. 기차역은 흥겨움과 그리움이 동시에 존재하네요. 언제 올지 모를 이를 기다리는 마음처럼 기차가 오는 방향을 하염없이 바라봅니다. 기차가 들어오고, 사람들은 바삐 자리를 찾아 올라갑니다. 다정하게 작별 인사를 나누며 배웅하는 이들 틈에 끼어 손을 흔들어 봅니다. 기차는 떠나고, 배웅하던 이들은 계단을 올라갑니다. 다정한 마음을 나누고 가는 이들의 뒷모습이 눈부십니다.

아름다운 날입니다.

햇살이 쨍-한 계절입니다. 땀이 흐를 정도로 높은 외부 온도와 무관하게 마음의 온도는 조금 낮은 날입니다. 얼어 붙은 얼음을 깨고 싶어 기차역으로 달려오길 잘한 것 같 습니다. 사실 그리 생각하지 않지만 일부러 아름다운 날이 라 읊조리며 오른팔과 왼팔을 교차 시켜 나를 안아줍니다. 토닥토닥, 참 잘했어. 괜찮아. 금방 지나갈 거야. 잘될 거야. 위에서 아래로 가볍게 팔을 쓰다듬으며 듣고 싶은 말들을 들려줍니다. 서서히 마음의 온도가 오르기 시작합니다. 한 참을 낯모르는 이들을 맞이하고, 배웅합니다. 어린아이들 의 천진한 웃음을 보며 따라 웃습니다. 애잔한 연인을 보며 함께 슬퍼합니다. 나이 든 부모님이 힘겹게 계단 오르는 모 습을 속상하게 바라보다, 기어이 좌석까지 배웅하고 나온 자녀의 마음을 공감합니다. 싱그럽고 눈부신 젊음을 빛내 며 걸어가는 뒷모습에 마음이 들썩거립니다.

아름다운 날들입니다.

이번엔 자연스레 입술에서 흘러나온 말입니다. 겨우내 얼어붙은 마음의 얼음이 녹고 있나 봅니다. 마음의 겨울이 순하게 흘러갈 것 같습니다. 그러면 참 좋겠습니다. 플랫폼을 뒤로하고 계단을 오르는 나의 발걸음에도 힘이 들어갑니다. 걸음걸음, 성실히 계단을 올라가면 다시 내려가야 버스를 타러 갈 수 있습니다. 이 계단의 끝은 다시 계단이 있겠지요. 계단은 오르내리라고 존재하는 것이니, 개의치 않고 다음 계단을 향해 오른발을 뻗습니다. 공원을 산책해야겠습니다. 초록초록한 마음을 가지고 싶으니까요.

아름다운 날입니다.

다음엔 세수를 먼저 해야겠어요

언제 잠이 들었나 모르겠습니다. 머리가 아파 반쯤 눈만 뜬 상태로 꼼짝 않고 천장을 바라봅니다. 바다가 보이는 예쁜 펍에서 맥주를 마시고 돌아오다, 편의점에 들러 맥주와 과자를 산 뒤 침대에 앉아 낄낄거리며 마신 기억이 납니다. 고개를 돌려 보니 당신도 눈만 뜨고 있네요. 귀찮아요, 손가락 하나 까딱하기도. 오늘 아침 식사로 기가 막힌 해장국을 먹기로 했는데, 아무래도 글렀습니다. 끼니 한 번쯤 거르면 어때요. 모든 일에 강박을 가질 필요 있나요-. 씻지도 않고 침대에 반쯤 누워 어제 사 온 책을 뒤적거립니다. 글자는 눈에 들어오지 않지만 무언가를 읽고 있다는 사실에 마음이 안정됩니다. 흰 종이 위에 수놓인 검은 활자는 마음을 안정시키고 자연스럽게 잠이 들게 합니다.

오늘은 집에 돌아가는 날입니다. 일상의 문제에서 이틀

간 도망쳐 있었습니다. 돌아간다고 달라질 건 아무것도 없지만, 그제보다 분명 마음은 편안할 것입니다. 박준 시인의 시처럼 '운다고 달라지는 일은 아무것도 없겠지만' 울음으로 인해 슬픔을 휘발시킬 수 있다면 참으로 좋지 않을까요. 릴케는 〈젊은 시인에게 보내는 편지〉에서 고민하는 젊은 시인에게 이리 말합니다.

당신의 가슴 속에 풀리지 않는 문제들에 대해서 인내심을 갖고 대하라는 것과 그 문제들 자체를 굳게 닫힌 방이나 지극히 낯선 말로 적힌 책처럼 사랑하려고 노력하라는 것입니다. 이제부터 당신의 궁금한 문제를 직접 몸으로 살아 보십시오. 그러면 먼 어느 날 자신도 모르게 자신이 해답 속에 들어와 살고 있음을 깨닫게 될 것입니다.

― 〈젊은 시인에게 보내는 편지〉, 라이너 마리아 릴케

문제 자체를 지극히 낯선 말로 적힌 책처럼 사랑하기 위해 노력하며 문제를 직접 몸으로 살다 보면, 먼 어느 날 해답 속에 들어와 살고 있음을 깨닫게 된다니. 그 '먼 어느 날'과 '해답 속'에 들어가 살고 있음이 과연 오기나 할는지 모르겠지만, 우리가 마주한 문제들을 자연스럽게 받아

들이는 연습을 해봅니다. 살아가는 일은 이리도 연습이 많이 필요하네요. 아무리 연습해도 익숙해지지 않는 일이 있다지만, 익숙해진다면 사는 일이 지루해지지 않을까 싶기도 합니다. 궁금하니 살아보겠습니다. 모르겠으니 살아보겠습니다. 살아 보기로 했으니 기왕이면 '그럼에도 불구하고' 즐거이 살아 보려 합니다. 몸을 일으키고 파우치를 꺼내어 거울을 들여다봅니다. 거울도 흐릿하고, 거울에 비친 얼굴도 흐릿합니다. 드디어 귀찮음을 무릅쓰고 몸을 완전히 일으켜 휴지를 가져옵니다.

"난 마음이 우울해지면 거울을 닦아. 그러면 세상이 반짝반짝해지거든."

중얼거리며 거울을 닦습니다. 이렇게 말하며 거울을 닦으면 빨간 머리 앤이라도 되는 양 기분이 좋아져요. 깨끗하게 닦은 거울을 들여다봅니다. 반짝반짝한 거울 속 얼굴은 푸석하네요. 이런. 일단 세수부터 해야겠어요. 할 수 있는 일이 적어 무력할 땐 가장 먼저 해야 할 사소한 일을 하는 편이 좋으니까요.

당신 참 근사해요

당신 참 근사해요. 당신 참 근사해요. 당신 참 근사해요.
당신 참 근사해요. 당신 참 근사해요. 당신 참 근사해요.
당신 참 근사해요. 당신 참 근사해요. 당신 참 근사해요.
당신 참 근사해요. 당신 참 근사해요. 당신 참 근사해요.
당신 참 근사해요. 당신 참 근사해요. 당신 참 근사해요.
당신 참 근사해요. 당신 참 근사해요. 당신 참 근사해요.

근사한 당신, 이제는 활짝 웃어요.

6장 청량리역

시장의 생기는 무료입니다

|

소주가 유난히 달아요

|

관계에 서툰 내가 미워서요

|

나에게 좋은 사람이 되기로 합니다

|

문학을 더 가깝게 삶을 더 빛나게

|

평범한 일상이 시가 되어 흡릅니다

|

내가 아는 사람이 맞나요

|

나를 부드러이 예뻐합니다

|

그해 여름은 유난히 더웠습니다

|

다이어트는 내일부터 할 겁니다

|

회기동 가는 길

|

내 이불이 보고 싶어요

|

당신 참 아름다워요

시장의 생기는 무료입니다

"저… 죄송한데, 여기 시장이 어느 쪽인가요?"

"식당이요?"

"시ー장ー이요."

"아, 시장이요. 버스 타고 가시면 돼요. 요 앞에서요!"

식당 아니고 시장가는 길을 물으며 청량리역에서 첫 대
화를 합니다. 버스를 타고 가면 된다는 말에 손으로 가리
킨 출구로 나와 천천히 고개를 돌려 사방을 둘러봅니다. 생
경합니다. 도시마다 다른 색감을 품고 있고, 활기도 다르다
는 사실이 놀라워 고개만 빙빙 돌립니다. 복잡한 사거리에
서 버스를 타지 않고 그냥 걷기로 합니다. 길을 건너니 "청
량리 먹자골목"이 보입니다. 먹어 봤자 이미 알고 있는 맛
이라는데, 오늘은 처음 먹어본 것이니 모르는 맛인 게 분명
한 음식 이름을 하나하나 읽으며 중얼거립니다. 중얼거리

며 걷다 길 건너 "시장"이라는 글자가 보입니다. 눈을 비벼
봅니다. 청량리에 버스를 타지 않고도 갈 수 있는 시장이
있나 봅니다. 뭐가 중합니까, 가고 싶던 시장에 왔으면 된
거지요.

커다란 족발을 큰 칼로 무심한 듯 툭툭 썰어 내는 분들
의 손길을 넋 놓고 바라봅니다. 세상 고기들이 여기 다 모
여 있네요. 고기를 지나, 시장의 끝 포장마차에서 족발에
소주 한 병을 나누어 마시는 어르신들이 각자의 이야기를
합니다. 우거지 해장국에 넣을 우거지를 통통 써는 도마를
바라보며 어제의 나와 같다, 생각합니다. 과일과 야채, 약재
상 그리고 끝도 없는 시장의 생생한 생기 속에 시든 우거지
같던 나의 잎사귀는 다시금 푸르러집니다.

"이천 원! 이천 원! 그냥 가지 말고 이리 와 봐요, 한 바구
니에 이천 원에 줄게!"
"세 개 오천 원, 세 개 오천 원, 가져가요!"
"번데기 한 망에 이천 원!"
"언니 이리 와 봐, 이거 만 원에 가져가요."
"아이고, 이 언니 장사 잘하네. 얼마야?"

"두 개 오천 원이에요."

"이거 수입산 인가?"

"수입산 아니야! 재수 없게! 안 살 거면서! 국내산이야, 이 것들아!"

"언니야 이리 와 봐, 싸게 줄게."

"두 마리 만 원이에요, 만 원."

"토종닭― 네 마리 네 마리 다섯 마리 만 원―. 와 봐요―."

"자 산지에서 방금 올라왔어요―. 천 원씩, 미역 천 원― 천 원. 이파리가 참 좋아요. 야들야들―."

생생하게 살아 숨 쉬는 시장의 생기를 온몸으로 느낍니 다. 길 위에서, 좌판에서, 포장마차에서 저마다 뿜어내는 열기가 뜨겁습니다. 시장에서 느껴지는 발걸음과 열기와 생 기는 그간 보아온 어떤 공연보다 아름답습니다. 살아있다 는 건 이런 건가 봅니다. 눈물이 흐릅니다. 바보같이 작은 일에 연연해 상처받던 마음은 시장 한 귀퉁이에 두고 옵니 다. 도무지 살아갈 용기가 나지 않는다면 시장으로 갑니다. 앙칼지고 생생하고 정겨운 시장에 갑니다. 그러고 보니, 여 기가 '식―당'이 맞네요. 잃어버린 삶의 생기를 먹고 푸른 잎사귀처럼 싱그럽게 살아나고 있으니까요. 생기를 파는 식당입니다, 시장은.

소주가 유난히 달아요

　한창 시장 구경을 하다 허기가 몰려옵니다. 혼자 일할 때 좋은 점은 먹고 싶지 않을 때 굳이 사람들과 모여 밥을 먹지 않아도 된다는 점이고, 혼자 일할 때 슬픈 점은 그래서 종일 먹는 것을 잊다 끼니를 거르는 순간이 많다는 점입니다. 몸을 해치는 습관이니 이러지 말자, 다짐하며 의식적으로 챙겨 먹으려 하는데 꽤나 번거롭긴 합니다. 혼자 식사하면 가벼운 대신, 먹고 싶은 음식과 먹을 수 있는 음식에 대한 선택이 제한됩니다. 때문에 끼니가 걸린 시간에 일을 위한 만남을 하거나 모임이 생기면 신이 나게 먹습니다. 혼자 있을 때 먹기 귀찮던 음식들을 함께 먹을 수 있으니까요. 지난달 좋아하는 모임에선 일곱 명이 제주도 삼겹살집에 모였습니다. 혼자였다면 엄두 못 낼 다양한 메뉴들을 주문해 맛보며 행복해졌습니다. 오랜만에 만나 소식을 전하는 분들을 바라보며 입은 성실히 움직이고 손은 부지런히 쌈을 쌉니다. 아마도 오늘이 지나면 당분간은 지글지글 굽는 고깃집에 혼자 올 일이 없을 테니, 순간의 행복을 만끽했습니다.

청량리 시장을 뱅뱅 돌다 배고픔에 허덕이는데 당신이 도착했습니다. 늦지 않고 제시간에 와준 당신이 고맙습니다. 안부를 물으며 부지런히 동태찌개를 파는 노포를 향해 걸어가다 "여기서 로또를 사야 해요, 로또 일등이 굉장히 많이 당첨된 집이래요."라는 당신의 말에 가판대를 보니 너댓 명이 줄을 서 있습니다. 【로또 복권 1등 7번 당첨 판매점】이라 커다랗게 붙은 팻말을 보며 줄을 섭니다. 처음 손에 쥐어보는 로또입니다. 거저 얻어지는 행운 같은 건 내 인생에 없으니, 로또를 사는 대신 그 돈으로 책을 사 보거나 카페에서 커피를 시켜 작업을 하고 일을 하는 게 로또나 다름없다는 생각으로 지냈거든요. 생각하며 기다리니 자동으로 찍힌 번호의 로또 용지 두 장을 손에 들려 있습니다. 로또는 종이 하나에 다섯 장이 들어가고, 한 장은 천 원이라고 합니다. 이천 원을 주고 희망을 구매했습니다. 신기합니다. 먼 곳에 있다 생각했던 희망은 천 원으로 혹은 이천 원으로 가슴에 담을 수 있었네요.

"로또를 가슴에 안고 일주일을 버티는 거죠. 내일도 출근해야 하지만, 로또가 당첨되면 당장 때려치우고 만다! 혹은 얄미운 저 상사에게 한 방 날리고 조용히 사라진다, 이렇게 생각하며 로또를 가슴에 안고 버팁니다."

아… 행운의 부적 같은 거네요. 그렇다면 로또를 구매하는 천원은 일주일 치의 희망구입 비용이군요. 그렇군요, 하며 고개를 끄덕이는데 뒤이어 당신은 말합니다.

"로또 당첨 확률은 814만분의 1이에요. 우스갯소리로 번개를 두 번 맞을 확률이라고 합니다. 그런데 아무것도 하지 않으면, 814만분의 1 같은 확률도 없는 거죠."

그래요. 아무것도 하지 않는 거보다 무어라도 하는 게 좋죠. 아무것도 하지 않을 땐 아무 일도 일어나지 않지만, 무언가를 시도한다면 짧은 일주일 치 희망이 생기고 짧은 희망들이 모여 열 달 치의 희망이 생기니까요. 먼 미래의 희망까지는 모르겠고, 일단 자동으로 번호가 찍힌 로또를 소중히 지갑에 넣으며 괜히 웃음이 납니다. 왠지 당연히 안될 거 같아 일등이 되면 무얼 할까, 같은 생각도 하지 않습니다만, 번호 발표일을 확인하며 다이어리에 적어 둡니다.

간질한 희망을 선물해준 당신, 그러고 보니 오늘의 희망
은 당신이네요. 손바닥만 한 무가 들어간 시원한 동태탕을
수저로 후루룩 먹고 소주 한 병을 나누어 마시며 우리 앞
의 생을 고민할 수 있으니까요. 말을 들어주는 이 없고, 마
음 통하는 이 없는 삭막한 도시에서 우리가 마주 보며 뜨
신 밥 한술을 뜰 수 있으니. 당첨되지 아니한들 일주일이
아닌 손가락을 넘어선 날치의 희망을 얻었습니다. 오늘은
소주가 유난히 답니다.

다만 종이에 적힌 여러 개의 숫자 때문에 소주가 단 건
아니겠지요, 정말 그렇겠지요.

관계에 서툰 내가 미워서요

그런 밤이 있었습니다. 사람의 온기가 간절히 필요한데 사람에게 다가가기 겁나는 밤, 말입니다. 나를 오해하는 이, 비난하는 이들에게 낙담해 아무 말도 할 수 없는 밤이 있었습니다. 마음을 꺼내어 보여줄 수 있다면 얼마나 좋을까, 했습니다. 내 마음은 그런 게 아니니, 이 부분은 오해라고 꺼내어 보여준다면 좋을 텐데, 싶은 밤이 있습니다.

오래전 취미는 일회용 카메라로 사진을 찍는 것이었어요. 일회용 카메라를 가방에 넣고 다니면서 간직하고 싶은 소중한 순간을 한 번 혹은 두 번 셔터를 누릅니다. 필름 수는 제한되어 있으니 셔터를 신중히 누르게 됩니다. 몇 달이고 카메라를 가지고 다니다 더 이상 필름이 돌아가지 않을 때 인화를 맡깁니다. 현상을 기다리며 어떤 사진이 나올지 상상했습니다. 인화된 사진은 빛이 들어가 생각보다 멋진 사진이 되기도 했고, 흔들리기도 했고, 예상치 못한 사진이 되기도 했습니다. 오래 사진을 들여다보며 외로운 밤마다 위로를 받았어요. 핸드폰이 더 이상 핸드폰이 아닌 시대, 고급 카메라에 전화 기능이 얹힌 시대를 살며 일회용 카메라로 사진을 찍는 취미도 잊고 지냈습니다. 그러다, 오늘 같은 밤에 문득 생각납니다.

마음을 찍는 일회용 카메라로 간직하고 싶은 순간을 차곡차곡 기록해 두었다 서툰 표현방식 때문에 오해가 생긴다면 인화해 보여 주면 어떨까— 하는 생각이 듭니다. 가볍고 작은 일회용 카메라는 한 장만 찍어도 그날 우리의 기분, 생각, 마음이 그대로 드러나는 것이지요. 한데, 그런 생각을 하니 찍힌 마음이 너무도 투명함에, 관계가 더 상하게 될지도 모르겠습니다. 그냥, 오늘은 그런 밤입니다. 관계에 서툰 내가 미운 밤이고 조롱받기 두려운 겁쟁이가 되는 밤입니다.

괜스레 가방을 뒤적이다 지난주에 청량리역 여행 센터에서 들고 온 팜플렛을 펼쳐봅니다. 기차역 안에 여행 센터가 있으니 떠나고 싶을 때 이곳에 오면 어디 갈지 고민하지 않아도 좋겠다 싶어 들고 온 팜플렛들입니다. 열차를 타고 강릉, 춘천, 평창, 태백산, 오대산 월정사, 여수, 순천, 강진, 장흥 등을 갈 수 있다 합니다. 기차를 타고 가 남도를 여행하는 일정표를 자세히 읽습니다.

아침 8시 4분에 출발해 12시 30분 즈음 도착해 맛집 탐방을 시작합니다. 구례 별미인 참게탕으로 중식을 먹고, 순천만 국가 정원, 여수 오동도, 여수 해상케이블카 탑승, 돌산 공원을 관광하고 남도 별미 여수 회정식을 먹습니다. 순천으로 이동해 숙소를 배정받고, 다음 날 아침은 남도 백반으로 조식을 시작해 장흥에서 정남진 편백 숲 우드 랜드 트레킹을 합니다. 이후 강진만 생태공원을 관람하고, 강진 한정식을 먹은 다음 강진 가우도, 출렁다리, 백련사, 동백나무 숲을 지나 다산 정약용 박물관에 갑니다. 이 멋진 일정은 오후 5시 30분에 끝이 납니다. 나주역에서 기차를 타고 돌아올 때엔 겁쟁이가 되는 밤이 아닌 단잠을 자는 밤이 되겠지요?

여행 코스에 나온 지명을 검색해 사진을 보는 것만으로도 벌써 용기가 솟아납니다. 호랑이 기운은 시리얼에만 있는 게 아니라, 여행 일정이 적힌 종이 한 장에도 들어 있네요.

나에게 좋은 사람이 되기로 합니다

잃어버렸습니다.

나에게 다정한 온기를 나누어 주는 방법을

잃어버렸습니다.

도통 이야기에 집중할 수 없는 날들이었습니다.

늘상 만나는 이들인데, 유독 불편하게 느껴집니다.

맞지 않는 옷을 억지로 껴입고 오랫동안 서 있는 것처럼

피가 통하지 않습니다.

숨을 쉬고 싶어 크–게 심호흡을 하지만

당신 앞에서 웃고 있는 내 모습이 어색하기만 합니다.

당신과 헤어져 집으로 돌아오는 길에

드리운 그림자가 유난히 깁니다.

힘없이 축 늘어진 그림자는 포기하지 않고

한 발자국 뒤에서 따라 옵니다.

아마도 홀로
마음을 들여다보아야 할 시기였던 것 같습니다.

어떤 마음은 열어 두고 보아야 하고
어떤 마음은 홀로 생각하고 느껴야 합니다.
어떤 마음은 흐르는 대로 붙잡지 않아야 하고
어떤 마음은 흐트러지지 않게 다독거려 주어야 합니다.
어떤 마음은 공감받고 위로받아야 하고요.

홀로 생각하고 느껴야 하는 마음을
열어두려 하니 어색해집니다.
나에게 다정히 구는 방법을 생각해보지만
떠오르지 않는 걸 보니
당신과 조금은 떨어져 지내야 하는 날인가 봅니다.

오늘만큼은 당신에게 좋은 사람이 되기를 포기합니다.
대신, 나에게 좋은 사람이 되기로 했습니다.

유기된 마음을 찾아, 유실물 센터에 가렵니다.
마음의 유실물 센터, 나의 바다로 갑니다.

문학을 더 가깝게 삶을 더 빛나게

경의 중앙선을 타고 청량리에 가며 지하철역 이름을 찬찬히 읽어 봅니다. 역마다 적힌 이름을 따라 읽으며 이곳엔 어떤 사람들이 살고, 어떤 이야기가 흐를지 상상합니다. [양수역]을 검색해 읽다 두물머리, 세미원, 소나기 마을이 있다는 글을 읽으며 가슴이 두근거립니다. 연꽃이 피고, 강이 보이고, 나무가 울창해 햇살이 반짝거리는 도시에서 황순원 님의 소설 <소나기>의 한 장면을 상상합니다. 요즘은 마음이 답답할 때 눈을 감고 명상을 합니다. 마음이 편안해지는 음악을 틀어 명상을 하고 나면 답답한 가슴이 가라앉고 맑아지는 기분이 듭니다. 이 길을 따라 양평에 간다면, 명상을 하는 기분이 들 것 같아요. 소나기 마을에 가기로 합니다.

소설 <소나기>는 도시에서 전학 온, 윤 초시네 증손녀와

시골에서 자란 소년이 주인공입니다. 소나기처럼 짧게 내리는 아름다운 사랑을 이야기하고, 소녀를 죽음에 이르게 만드는 게 소나기이기도 합니다. 아름답기도, 비극적이기도 한 '소나기'는 사랑 그 자체의 모습일까요. 만약 소녀가 죽지 않고 자라 소년과 소녀가 평범하게 연애를 하고 결혼까지 한다면, 아름다운 사랑 이야기가 될 수 있을까요? 그들이 자라 다른 연인들과 같이 투닥거리고, 헤어지고, 다시 사랑하는 상상을 하며 소나기 마을을 향해 갑니다. 고요한 산길을 따라 달리며 많은 식당과 개울물이 졸졸 흐르는 풍경을 바라봅니다. 상상했던 소나기 마을과 실제 문학관에서의 소나기 마을은 조금 다릅니다. 아마도 상상했던 소나기 마을은, 소설의 정취와 낭만이 더 깃들어 있기 때문인가 봅니다.

표를 사서 천천히 황순원 문학관으로 들어갑니다. 좋아하는 작가들의 문학관에 방문하면 숙연해집니다. 그들이 앞에 있다면, 그들에게 어떤 질문을 할 수 있을까요. 아직 햇병아리 작가인 제가 얼마나 더 성숙해야 그들처럼 글을 쓸 수 있을까요. 작가가 생전에 쓰던 친필원고와 소지품들을 바라보며 숙연해집니다.

【 문학을 더 가깝게 삶을 더 빛나게 】

엘리베이터에 적힌 문구를 중얼거리며 문학관을 거닙니다. 글을 읽고, 작가의 연대기를 보고, 작가의 신념이 적힌 글을 읽습니다. 황순원의 서재는 <언어를 벼리는 대장장이의 공간>이라 합니다. 사용하던 보료, 스탠드, 만년필, 낮은 책상, 안경, 시계를 보며 그가 앉아 글을 적는 상상을 합니다. 그리 앉아 글을 적는 이가 나라 생각해 봅니다. 간질간질 합니다.

하아, 이제야 숨이 쉬어집니다. 감정의 환기가 되나 봅니다. 인간은 본인이 결정하고 선택한 것을 가장 아끼고 사랑할 때 강력한 힘이 일어납니다. 바로 자기 결정권 때문입니다. 답답한 나를 숨 쉴 수 있는 나로 만들려면 외부에서 들려오는 소리가 아닌, 내부의 말에 귀를 기울여 결정해야 합니다. 체한 듯 답답했던 감정의 원인은 타인이 아닌 만족스럽지 못한 자신이었나 봅니다. 노작가의 사진을 바라보며, 요령 피우지 않고 성실히 글을 적어나가기로 결정합니다. 순간 가슴에 묶여 있던 보이지 않는 끈이 투두둑, 끊어져 내립니다. 이제야 숨이 쉬어집니다. 숨을 크-게 들이 쉬고 작가의 흔적으로 마저 여행 합니다.

평범한 일상이 시가 되어 흐릅니다

　미국 뉴저지 주 패터슨 시에 사는 패터슨 씨는 버스 기사입니다. 아름다운 아내 그리고 강아지와 함께 살고 있습니다. 자연스레 잠에서 깨면 오전 여섯 시경입니다. 아내에게 입을 맞추고, 옷을 입고, 시리얼을 먹고, 런치 박스와 노트를 챙겨 들고 직장으로 향합니다. 출근한 뒤 버스에 앉아 시를 씁니다. 길을 걸으며 시를 씁니다. 버스를 운전하고, 시를 쓰고 때론 승객들의 이야기를 귀동냥해 피식 웃고 퇴근 후에는 아내와 함께 저녁을 먹습니다. 저녁을 먹은 뒤 강아지를 산책시키며 동네 바에서 마시는 맥주 한잔을 좋아합니다. 위에서 아래로 내려다보는 맥주잔 모습이 좋다, 말하는 패터슨 씨의 일상은 매일 시가 됩니다. 성냥갑 하나를 보며 매일의 일상에 한 줄을 보태어 LOVE POEM이라 시가 적어집니다. 천천히 시가 쓰이는 속도에 맞추어 자막이 나옵니다. 천천히 자막을 읽고 패터슨 씨의 목소리를 들으며, 영화를 보고 있는 나의 일상도 시로 동화됩니다. 영화 <패터슨>에서 패터슨 씨가 일상을 살지만, 시를 쓰면서 숨을 쉬는 그를 보며 평범한 일상이야말로 시처럼 아름다운 것임을 느낍니다.

기차를 타고 세미원을 향해 가는 길, 느릿느릿 흘러가는 풍경을 보며 며칠 전에 본 영화를 생각합니다. 차창은 스크린이 되어 영화처럼 천천히 자막이 쓰이는 상상을 하면서요. 마음먹기에 따라 일상은 영화 속이 되고, 영화관이 되고, 시가 되는군요.

내가 아는 사람이 맞나요

　'솔직함'은 매력일 수도, 칼이 될 수도 있는 거 같아요. 감정에 솔직한 편이고 사람에게 솔직한 편인데, 때론 선의를 위한 거짓말을 해야 할 때가 있음을 느끼곤 합니다. 살이 찐 친구에게 "하나도 안 쪘어, 날씬해 보여"라든가, 정성 들여 해준 음식이 맛없더라도 "맛있다!"라 외치는 작은 선의의 거짓말이요. 어쩌면 산다는 일은 잦은 거짓말의 연속입니다. 나를 속이는, 감정의 거짓말이죠. 웃고 싶지 않아도 자본주의 미소를 지으며 웃어야 하고, 출근하고 싶지 않아도 억지로 몸을 일으켜 출근해야 합니다. 나를 괴롭히는 상사에게 싸대기를 날리고 싶어도 참아야 하고, 보고 싶지 않은 사람들일지라도 관계에 얽혀 만나고, 식사하며 시간을 보내야 합니다. 밤새 놀고 싶은데 잠은 자야 하고, 건강 따윈 생각하지 않고 몸에 해로운 음식을 먹고 싶지만 자제해야 합니다. 이루거나, 유지하기 위해 무언가를 자제하고 감정을 억제하는 일에 너무도 익숙해진 탓에 이제는 감정의 가면이 나인지, 내가 나인지 헷갈립니다.

괜찮은 척 살다가도 속 안의 쓴물이 올라와 목구멍 끝까지 차오르면 그제야 감정의 가면 안에 나를 돌아봅니다. 자신을 속인다는 것을 인지조차 하지 못했던 어제였지만 오늘만큼은 자신에게 솔직하기로 합니다. 스스로를 속이지 않고, 정직하고 싶습니다. 웹사이트를 열어 가평과 양평의 펜션을 검색합니다. 산속에 있고, 조용하고, 독립된 방이고, 창이 넓고, 음악을 크게 틀 수 있고, 침구를 세탁한 것으로 교체해 주는 적당한 가격대의 펜션을 공들여 찾습니다. 아직 떠나지도, 도착하지도 않았는데 검색만으로 벌써 웃음이 새어나옵니다. 드디어 예약 페이지까지 다다릅니다. 결제 창이 열리는 짧은 순간, 가슴이 조마조마합니다.

예약을 마치고 간단한 짐을 챙기러 방으로 들어가다 거울을 봅니다. 거울 속의 나는 너무도 생기 넘칩니다. 어제와는 다른 표정입니다. 하루를 살다 무심결에 거울을 바라보면 놀랄 때가 있습니다. 물기 하나 없이 무미건조한 표정을 한 거울 속 저 이는 내가 아는 이가 맞나, 싶어요. 그럴 때 두 손가락으로 입가를 죽− 올려 이를 드러내고 웃는 표정을 만들어 봅니다. 조커 같아요. 눈은 웃고 있지 않네요. 이번엔 눈까지 억지로 웃어 봅니다. 뇌는 진짜 웃음과 가짜 웃음을 구별하지 못한다는 말을 들은 적이 있어요. 바보 같은 뇌 덕분에 바스러질 것 같던 무미건조함에 그나마 물기가 돕니다. 오늘 거울 속의 나는 손가락으로 입꼬리를 올릴 필요 없이, 눈동자까지 반짝이며 행복해 보이네요.

　아무것도 하지 않을 작정입니다. 펜션의 커다란 침대에 누워 슈만의 〈숲의 정경〉을 작게 틀어두고 책을 읽다, 졸다, 할 생각입니다. 아, 와인을 한 잔 마시면 더없이 좋겠다 싶어요. 오후의 시골 산길에서 자작자작 볏단 타는 냄새, 밥 짓는 냄새를 맡으며 걷고 또 걷고 싶습니다. 걷다 지치면 방으로 돌아와 침대에 아무렇게나 누워 아무것도 하지 않을 자유를 만끽하렵니다. 행복하네요. 뇌는 이제야 진짜 웃음을 짓는 걸 알고 있을까요? 가방을 꺼내며 콧노래를 부릅니다.

나를 부드러이 예뻐합니다

마음에 때가 끼었을 때, 가장 빨리 때를 벗겨주고 싶을
때 공들여 손을 씻습니다. 정성스레 물을 묻히고 깍지까
지 깨끗하게 거품을 내어 씻은 다음 물기를 마른 수건에
잘 닦아줍니다. 깨끗해진 손에 향이 좋은 핸드크림을 골고
루 살살 발라줍니다. 말끔하게 윤기 나는 손을 보면 마음
속 때가 모두 벗겨진 기분입니다. 때문에 핸드크림 하나를
고를 때에도 섬세하게 향을 고릅니다. 손을 씻고 핸드크림
을 바르는 행위는 너무도 일상적이지만, 자신을 예뻐해 주
는 순간이기 때문입니다. 작은 자기 예쁨 챙김이 습관이 되
어, 큰 예쁜 챙김이 되어 주길 바라면서요. 때론 누가 나 좀
예뻐해 준다면 좋겠다, 싶은 날이 있습니다. 부담스럽지 않
은 선에서 충분히 사랑받고 있다고 느끼게 해주길 바랄 때
곁에 아무도 없다면, 슬퍼하지 않고 스스로를 예뻐하기로

합니다. 속말로 '아이 예뻐'라 해줄 수도 있습니다만, 보다 정성스레 예뻐해 주기를 택합니다. 손을 씻고 핸드크림을 바르는 순간에도 대충 넘기지 않고 섬세하게, 아름답게 쓰다듬어 줍니다. 인간의 체온과 살결이 주는 온기를 양손을 비비며 느낍니다.

핸드크림을 바르며 나를 예뻐해 주곤 주위를 둘러봅니다. 장작이 타고 있네요! 날아갈 듯 기뻐 장작 앞으로 걸어가 봅니다. 살포시 근처에 앉아 눈을 감고 타닥타닥, 장작이 타들어 가는 소리를 들으며 몽상에 빠집니다. 꿈과 이상은 드넓은 몽상가로, 하지만 현실감각은 놓지 않고 살고 싶습니다. 우연히 만난 장작 타는 소리를 지나치지 않는 낭만, 을 즐길 줄 아는 이로 살고 싶습니다. 자유롭게 살고 싶은 삶 속을 살아가는 나를 상상합니다. 노트를 꺼내어 몇 자 적어 봅니다.

'현실 감각이 있는 낭만적 몽상가'

써 놓은 내용이 마음에 들어 눈동자로 활자를 한참이나 쓰다듬어 봅니다. 활자와 마음이 온기를 주고받으며 마음의 표정은 더욱 예뻐집니다.

그해 여름은 유난히 더웠습니다

이름 없는 이가 되고 싶을 때가 있습니다. 무색, 무취, 무향의 인간으로 무명이 되어 고요히 잠기고 싶었습니다. 유난히도 더웠던 그해 여름입니다. 아스팔트 위로 열기가 아지랑이처럼 피어오르는 광경을 목도합니다. 나도 수분이 되어 이 더위에 증발해 공기로 퍼져 자유로이 날아가고 싶습니다. 정처 없이 날아다니다 눈이나 비가 되어, 살고 싶은 삶의 곁으로 내리고 싶었습니다. 살고 싶은 계절이 어디즈음일지 가늠은 되지 않지만요.

이토록 무기력하고, 갈증 나는 계절엔 한낮의 지하철 여행이 호사입니다. 시원하다 못해 추운 지하철 의자에 앉아 졸기도 하고, 타고 내리는 이들을 맞이하고 배웅하기도 합니다. 그날은 청량리역에서 물끄러미 기차의 목적지들을 바라보았습니다. KTX, 무궁화호, 새마을호, ITX는 부지런히 목적지로 승객들을 실어 나릅니다. 푹푹 찌는 열기를 온몸으로 받으며 성실히도 제 할 몫을 해내는 기차의 목적지를 소리 내 읽습니다.

서울, 상봉, 양평, 만종, 횡성, 진부, 강릉, 덕소, 용문, 지평, 석불, 일신, 매곡, 양동, 삼산, 동화, 만종, 원주, 반곡, 신림, 제천, 단양, 풍기, 영주, 안동, 의성, 영천, 경주, 호계, 태화강, 좌천, 기장, 신해운대, 부전, 쌍통, 영월, 예미, 민둥산, 사북, 고한, 태백, 동백산, 도계, 신기, 동해, 묵호, 정동진···. 와, 가보지 못한 지역이 왜 이리도 많은지요. 이만치면 꽤나 안다고 생각했는데 알고 보면 애송이이듯, 이 정도면 여행 꽤나 다녀 보았다 생각했는데도 다녀온 지역을 꼽는 게 더 빠를 정도입니다.

수증기가 되어 가야 할 곳으로 보이지 않게 날아가는 상상을 했던 나 역시 용서해 주려 합니다. 편의점에서 생수한 병을 구매해 한 번에 뚜껑을 땁니다. 단숨에 물 반병을 마십니다. 오른쪽 턱으로 흘러내리는 물줄기를 닦지 않습니다. 아직 가보지 못한 길이 이리도 많은데, 지레 겁먹지 않고 찌는 더위에도 지치지 않으면서 걸어 가 보아야겠습

니다. 물 한 병을 다 마신 뒤, 나에게 소홀했던 나를 용서
해 주어야겠어요. 용서해 주는 선물로 가장 빨리 떠나는
기차표를 선물해 주려 합니다. 슬리퍼 신은 발을 질질 끌고
온 힘없던 다리는 오 분 전의 과거에 두고 오겠습니다. 티
켓을 구매하러 가는 발걸음 끝에서부터 느껴지는 기분 좋
은 에너지는 오 분 뒤 미래의 선물로 주려 합니다.

다이어트는 내일부터 할 겁니다

배가 고픈 것도 별로고, 배가 굉장히 부른 느낌도 별로입니다. (참 예민도 가지가지 합니다.) 가끔 배가 고픈 느낌을 참으면 살 빠지는 착각이 들어 좋을 때도 있지만, 작업을 할 때는 배고프면 예민해집니다. 한창 작업이 안 풀리고 배까지 고프면 [접근 주의] 팻말 뒤로 과자 한 봉지 던져주시면 온순해집니다. 어느 날은 노트북 자판이 피아노라 느낄 만치 쉼 없이 한 편의 글을 완성해 뿌듯한 연주를 할 때가 있습니다. 반면 종일 쓴 글이 마음에 안 들거나, 종일 써지지 않거나, 의뢰를 받아 주제에 충실히 글을 써야 하는 날도 있습니다. 날이 너무도 좋아 글이 써지지 않는 날이 있고, 날이 너무도 좋아 야외 오픈 테라스에서 즐거운 작업을 하는 날도 있습니다. 글 쓰는 이들이 괜히 예민하고 성격 더러운 게 아닙니다. 하나의 상황에도 매일 다르게 반응하는 복잡한 동물이니까요.

　세 시간도 넘게 노트북 앞에 있었습니다. 주로 작업이 되지 않는 날은 쓸데없는 인터넷 검색을 하거나, 내용과 무관한 책을 읽거나, 딴짓을 합니다. 왜 이리 작업이 안되지― 원인을 찾다 문득, 대략 9시간째 공복 상태임을 발견합니다. 위험 신호입니다. 작업실 일 층 편의점으로 뛰어 내려가 고심해 먹거리를 고릅니다. 컵라면 하나와 과자 하나를 고르고 라면에 물을 붓고 창가 쪽 스탠드 테이블에 앉습니다. 서서히 마음에 평안이 옵니다. 눈앞엔 라면 컵들이 쌓여 있고, 왼쪽 의자엔 교복을 입은 여고생이 핸드폰을 보며 마카롱과 콜라를 먹습니다. 곁눈질로 편의점에서 파는 마카롱을 구경하며 과자를 뜯어 와작와작 씹습니다. 와작와작, 과자를 씹는 만큼 스트레스가 씹힙니다. 라면 뚜껑을 떼어내고 면을 잘 젓고는 후후 불어 호르륵, 먹습니다. 오물오물 씹으며 밤거리를 구경합니다. 몇 젓가락 먹지도 않았는데 벌써 면이 끝났네요. 양심상 국물은 두 모금만 마시기로 합니다. (실은, 오늘부터 다이어트를 시작했거든요.)

두 모금 국물을 마시고 창밖을 봅니다. 기분이 경쾌해 발을 까닥거리는데, 편의점에서 경쾌한 클래식 음악이 흘러나오고 있었습니다. 음식 먹는 것을 멈추고 주머니에 손을 넣고서 음악을 감상합니다. 현악기가 많이 들어간 오케스트라 연주를 편의점에서 라면을 먹으며 누리는 고급진 호사에 기뻐합니다. 창밖에선 강아지를 든 두 명의 사람이 셀카를 찍고 있습니다. 사진을 찍는 그들의 예쁜 표정이 타투처럼 내 얼굴에 박혀 있는 상상을 합니다.

기뻐도, 슬퍼도, 우울해도, 짜증이 나도, 행복해도 미소 짓는 얼굴을 한 지루한 삶을 상상하니 절로 미간이 찌푸려집니다. 역시 인생은 핸드폰 안이 아닌, 화면 밖에서 이루어지는 게 진짜죠. 라면 국물을 버리고 젓가락을 부러뜨려버립니다. 오늘 작업은 물 건너간 날, 하지만 클래식을 들으며 라면을 먹는 호사를 누린 날. 그럭저럭 괜찮은 날입니다.

아, 다이어트는 내일부터 할 겁니다. 내일은 고구마랑 샐러드만 먹을 거예요. 진짜로요!

회기동 가는 길

공부하는 걸 딱히 좋아하지는 않는데, 학교 다니는 건 좋아합니다. 캠퍼스와 도서관에서 느껴지는 젊음의 생기가 참 좋습니다.

2호선을 타고 왕십리역에서 내려 1호선으로 갈아타고 청량리를 지나 회기동으로 향하며 "언젠가 청량리 시장에 가고 싶다"고 생각했습니다. 그날의 나는 학생이기도 했고, 선생이기도 했습니다.

글 값으로만 먹고 살기엔 버거워 낮에는 강의를 했고 부족한 지식의 한계를 채우기 위해 밤에는 강의를 들었던 날들입니다. 몸은 피곤해도 지하철이 청량리를 지나 회기역에 도착해 마을버스에 올라타며 심장이 두근거렸습니다.

때론 수업보다, 축제가 열리는 학교의 분위기가 좋았고

10시에 수업을 마치고 동기들과 파전에 막걸리 한잔 마시는 시간이 좋았습니다. 편의점 앞에서 과자에 캔 맥주 하나 들고 신세 한탄 따위를 하며 노닥거리기도 했고 가끔은 통닭에 맥주를 사 주시는 교수님의 은공에 감복하기도 했습니다.

봄이면 벚꽃이 피고, 여름이면 녹음이 무성하고, 가을엔 낙엽이 예쁜 교정에서 후드 티셔츠 주머니에 양손을 찔러 넣고 어슬렁거리는 걸음이 참 좋았습니다. 도서관에서 책 냄새 맡으며 책을 읽고 학식을 먹으면서 서른한 살을 보냈습니다.

버스커 버스커가 축제에 오던 날, 도저히 이대로 수업에 들어갈 수 없어 광장에 앉아 땡땡이를 치며 신나게 응원을 하다 왼쪽으로 고개를 돌렸는데 들어야 할 수업의 담당 교수님과 눈이 마주치던 날도 잊을 수 없습니다. 머쓱하게 웃던 나를 바라보는 교수님 뒤로 동기들의 해사한 웃음이 눈부셨습니다.

그리도 무수히 회기동을 지나며 스쳐 간 '청량리역'을 이제야 와 봅니다. 학생이던 서른한 살의 그 시절로 데려다

주는 열차가 있다면 좋겠습니다. 열망과 열병이 가득했던 그날의 내가 만나고 싶습니다.

만날 수 있다면, 그날의 나에게 말해 주고 싶습니다.

'포기하지 않아 주어 고마워.'

내 이불이 보고 싶어요

여행을 떠날 땐 한없이 신명나지만, 돌아올 땐 아쉬움과 여독을 동반해 피로감이 깊습니다. 정차역이 가까워 올수록 출발 시와 같은 무게임에도 짐이 더 무겁게 느껴지고, 거울 속 얼굴도 다크 서클이 짙다 못해 턱 끝까지 내려와 있습니다. 거울을 보고 무서워집니다. 피로감에 쩔은 저 여자를 외면하고 싶어 화장품을 꺼내 덧발라 보지만 모공과 주름에 낀 화장품은 피부와 겉돌아 들떠있습니다. 망했네요. 이 얼굴론 아무도 만나선 안 됩니다.

정차역을 앞두고 핸드폰 사진첩을 뒤적입니다. 사진 속엔 반짝이는 아름다움과 낭만이 가득합니다. 여행에서 가장 아름다운 순간만 골라 찍었기 때문이겠지요. 한참 사진을 보며 미소 짓다 역에 도착합니다. 한숨을 한 번 쉬고 집으로 돌아가기 전 허기를 채우기로 합니다. 끝날 때까지 끝난 게 아닙니다. 집 현관문을 열고 한 발 내딛으며 귀가하는 순간이 현 여행이 끝나는 시점이니까요. 맛집을 검색해가는 걸 좋아하지 않습니다. 다른 이의 평보다 끌리는 느낌을 믿고 싶기 때문입니다. 스스로 발굴한 음식점 맛이 좋은 날은 더없이 기쁘고, 그저 그런 날도 기쁩니다. 타인의 취향이나 권유가 아닌 스스로 선택했다는 작은 기쁨 때문입니다. 때론 마음대로 되지 않는 일들 중, 식당만큼은 스스로 선택할 수 있다는 사실이 인생을 주체적으로 꾸려가고 있다는 뿌듯함을 안겨 주기도 합니다. 어쩌면 작은 객기일 수 있겠지만, 이런 객기를 부릴 만큼 아직 나는 젊습니다.

청량리역 주변을 배회하다 노포 식당에 가기로 합니다. 유난히 오래되고, 저렴하고, 양도 많고, 맛있는 식당이 많은 역입니다. 한참을 걷다 낡은 간판에 <칼국수>라 쓰인 걸 보고 이끌리듯 들어갑니다. 닭 칼국수와 멸치 칼국수, 메뉴는 딱 둘입니다. 닭 칼국수를 주문하고 낡은 테이블과 실내를 둘러봅니다. 낭만적입니다. 세월의 손때가 묻고, 역사가 있음을 그대로 간직함이 낭만적으로 느껴집니다. 낡은 식당이 아니라 세련된 인테리어와 멋진 식기 그리고 꽃과 초가 있는 식당도 매우 낭만적입니다. 그날의 자신이 원하는 분위기에서 느끼는 만족과 안정감을 주는 식당이 그날의 낭만을 결정한다 생각합니다. 오늘의 나는, 낡은 스텐 그릇에 칼국수가 넘치도록 나오는 이 집이 한없이 낭만적이라 느껴집니다. 속눈썹에 그 사람이 걸려 있는 열정적인 사랑도 사랑이고, 잔잔히 늘 그 자리에 있어 주는 다정한 일상도 사랑이듯이요. 오래도록 그 자리에 있어 주는 다정함에 낭만과 애정을 느낍니다. 시원한 김치를 입에 물고 언제 끝날지 모를 국수 자락을 젓가락으로 집어 듭니다.

후후—

후후—

뜨거운 면을 후후— 식혀 불며 배를 불립니다. 앉은 자리에서 잠이 들고 싶을 만큼 노곤합니다. 어서 집으로 가고 싶어요. 익숙한 제품으로 샤워를 하고, 오래된 잠옷을 입고 하얀 내 이불을 덮고 잠이 들고 싶네요. 드디어 여행이 끝나가나 봅니다.

당신 참 아름다워요

당신 참 아름다워요. 당신 참 아름다워요. 당신 참 아름다워요.
당신 참 아름다워요. 당신 참 아름다워요. 당신 참 아름다워요.
당신 참 아름다워요. 당신 참 아름다워요. 당신 참 아름다워요.
당신 참 아름다워요. 당신 참 아름다워요. 당신 참 아름다워요.
당신 참 아름다워요. 당신 참 아름다워요. 당신 참 아름다워요.
당신 참 아름다워요. 당신 참 아름다워요. 당신 참 아름다워요.

눈이 부시게요, 지금 그대로 충분히요.

당연한 건 없는
매 순간이 소중한 하루입니다

이 책은 코로나19가 발생하기 전에 시작되었습니다. 공항으로, 기차역으로, 버스터미널로 그리고 일상으로 여행을 떠나며 소중함의 의미를 다시금 알아가는 다정한 시간을 보내면서요. 출판사 에디터분과 망원동의 어느 카페 지하에서 포스트잇에 글자를 적으며 "이 책 목차를 인천공항, 김포공항, 서울역, 청량리역, 고속터미널, 동서울터미널로 하면 어때요? 저는 떠나고 돌아오는 플랫폼으로 가끔 여행을 떠나요. 공항에서 오가는 사람들이 든 캐리어의 크기를 보며, 옷차림을 보며 상상해요. 지금이 마지막 식사인 것처럼 식사만 하고 오기도 해요. 그러다 진짜 훌쩍 떠나버리기도 하지만요."라는 이야기를 나누며 시작되었어요. 마음을 터놓는 공간이 있다는 건 울적하고 답답한 어느 날에 큰 위안이 되거든요. 글에 등장하는 호칭은 모두 '당신'으로 칭하였습니다. 당신이 당신이고, 당신이 당신이니까요.

책을 막 출간하려는 시점에 코로나19가 발생하였습니다. 출간은 지연되고 일상은 멈추었습니다. 자연스럽던 일상이 멈추니 영위하며 누리던 것들 중 당연한 것은 하나도 없음을 알았습니다.

계절의 시작입니다. 지천에 꽃잎도 날리고 마음도 들뜨는데 외출할 수 없습니다. 외출 할 수 없으니 집안에서 할 수 있는 무언가를 찾아봅니다. 처음엔 어색하고 불안해 먹기만 합니다. 특식으로 먹던 음식들을 매 끼니 해 먹으며 불안을 달래 봅니다만, 불안이라는 게 쉬이 달래지는 감정이 아닙니다. '금방 끝나겠지'라는 안일한 생각은 안온한 일상에 대한 그리움 때문입니다. 나라가, 세계가 멈추었습니다. 이전에 만나보지 못한 바이러스 때문입니다.

불안을 식탐으로 잠재우는 행위도 몇 주 지나니 시들해집니다. 이번엔 집안 정리를 시작해 봅니다. 집에 있는 시간이 늘어나니 자연스레 집안을 보살펴 주게 됩니다. 안 입는 옷들, 오래된 그릇들, 쌓아만 놓고 쓰지 않는 낡은 짐들을 버립니다. 버리고 쓸고 닦으니 빈 공간이 생깁니다. 숨을 쉴 여백이 필요해 여행을 떠나왔는데, 집안에서 여행을 하자 마음먹으니 정리로 인해 손바닥만큼 생긴 여백에도 개

운해집니다. 책장이 휘어질 듯 쌓인 읽지 않는 책들을 버리고 정리하며 마음에 묵은 때가 닦이듯 시원-합니다. 꼭 필요한 외출엔 마스크를 쓰고, 손을 깨끗이 닦고, 접촉을 최대한 피하며 일상을 쓸고 닦으며 다시 일상을 되찾길 기다립니다. 의료 현장에서 치열하게 환자들을 위해 애써 주시는 의료진 분들과 우리를 보살펴 주시는 분들의 노고가 고맙습니다.

고마운 마음 안고 어질러진 물건을 제 자리에 두고 천장 위 먼지까지 닦아냅니다. 틀어 놓은 음악을 따라 흥얼거립니다. 집도 사람도 사랑도 그리고 일상도 보살펴 줄수록 친밀해지고 윤이 납니다. 정리를 마치고 온라인 마트 장보기로 냉이와 달래를 주문합니다. 음식을 먹는 행위로 불안을 달래는 요량이 아닌, 입이 기억하는 계절의 맛이 그리워서입니다. 주문을 하며 벌써 침이 고입니다.

다음날 아침, 배송이 완료 되었다는 메시지를 받고 현관문을 여니 어젯밤 주문한 식자재들이 현관문 앞에 고이 놓여 있습니다. 도착한 장보기 박스를 열며 새삼 편리한 한국의 배송 시스템에 감격합니다. 배송을 해주시는 손길도 감사합니다. 배달되어 온 식자재를 정리한 뒤 냉이를 깨끗하게 씻어 쫑쫑 썰어 전을 부칩니다. 콩나물밥을 안치고 달래

래장을 만듭니다. 노릇하게 구워진 냉이 전을 입 안에 넣다 '앗 뜨뜨' 소리 내며 찬 물로 입안을 식힙니다. 입 안으로 봄이 번집니다. 봄을 맛보며 며칠 전 자동차로 종로를 지나며 본 길가에 피어 있던 꽃을 생각하며 두부를 자릅니다.

지금쯤 하동에 가면 매화가 가득 할 텐데, 제주 길가엔 유채꽃이 노―오랗게 피었을 텐데. 섬진강에 가고 싶네. 아니, 섬진강도 제주도 아닌 집 근처 벚꽃나무 길을 마스크 없이 화창하게 웃으며 걷고 싶네. 눈에 선한 꽃나무를 그리며 숭덩 숭덩 썬 두부를 들기름에 지쳐 달래장을 얹어 먹습니다. 마음 같아선 돗자리 깔고 꽃나무 밑에 앉아 떨어지는 매화꽃 한 점 받아 접시에 얹고 싶습니다. 꽃이 가득한 거리를 자유로이 거닐던 여러 해의 봄날들을 그리며 내일은 냉이를 넣고 된장국을 끓여 먹어야지, 생각합니다. 송이버섯도 얇게 썰어 다시마 한 장 넣고 버섯 밥을 지어야겠어요. 버섯 밥 지을 생각을 하며 즐거워합니다. 그러고 보니 성실히 밥을 지어먹고 일상을 돌보며 달래는 일로 버티고 있었네요. 좋은 날이 올 겁니다. 우리는 마스크를 벗고 서로의 미소를 마주할 수 있는 날이 올 겁니다. 우리의 일상은 매우 제한적이지만, 낙담과 실의에 빠져 있기 보단 지금 할 수 있는 일을 하며 기다리기로 했습니다.

그리고, 오늘이 왔습니다. 완전히 바이러스가 소멸되지는 않았지만 제한되었던 일들을 일부분은 할 수 있게 되었습니다. 그럼에도 조심해야 하는 부분들은 여전히 많습니다만 오늘을 살아갈 수 있음이 감동입니다. 매 순간 이리 감동하며 산다면, 소중한 오늘을 기쁘게 여긴다면, 얼마나 좋을까요. 아무것도 당연한 건 없는 매 순간이 소중한 날들입니다. 이 감동을 오래도록 잊지 않길 바랍니다.

매일 '하루'라는 여행에서 돌아오는
문을 닫으며 안도합니다.
하루를 잘 살아낸 기쁨과
실수에 대한 회한과 피곤이 한데 섞여
바깥 공기를 달고 들어와 그제야 숨을 크게 쉽니다.

신발을 벗고 두 숨을 내쉽니다.
누에고치가 껍질을 벗겨내듯
옷을 훌훌 벗고 욕실로 들어가
샤워 볼에 거품을 잔뜩 내어 몸을 문지릅니다.
하얀 거품이 마음에 들어 손장난을 치다,
따뜻한 물로 정성스레 몸을 닦습니다.
물기를 닦고 하루 종일 수고한 몸에게
다정히 바디 로션을 발라줍니다.

좋아하는 향기를 맡으며 나와 물을 한 잔 마십니다.

누에고치는 껍질을 벗고 거품 샤워를 하고
나비가 되었네요.

사뿐 사뿐 날아가,
핸드폰을 들고 침대에 누워 뒹굴 거리며
다음에는 '집안에서 재미있게 놀기'를 주제로
책을 써볼까?란 생각도 해봅니다.

침대 옆에 둔 책을 집어 들어 몇 장 읽습니다.
내일과 이번 주엔 무얼 해야 하나 노트에 메모를 합니다.

여기가 바로 지상 낙원이네요.
낙원 속 일상 여행을 할 수 있었던 건
당신들 덕분입니다.

시절과 계절을 함께 보내온 당신들에게 고맙습니다.
덕분에 오늘의 내가 있습니다.
기억도, 추억도, 현재도 모두 소중함을
당신들을 통해 알게 되었어요.

글과 함께 일상 여행을 떠나준 당신들,
너무도 고맙습니다.
언제부턴가 저는
아니, 감당하기 버거운 커다란 파도를 만난 뒤로

지금 이 순간 행복하기로 결정했습니다.

행복하기로 마음먹은 만큼 행복해지는 것 같습니다.

거창해서 잡을 수 없는 그런 거 말고

참고 인내하며 유보해야만 얻을 수 있는 그런 거 말고

오늘의 행복을 선택하며 살기로 했습니다.

그리 선택하니 매 순간이 더욱 소중히 느껴집니다.

오늘 하루가 선물이며 일상이 보석임을

하루를 여행하며 알아갑니다.

여행의 끝은 휴식이지요.

이제 그만 불을 끄고 자야겠어요.

내일은 얼마나 아름다운 일상이

우리를 기다리고 있을까요.

기대되네요.

멀고 큰 행복 말고

딱 하루치의 기쁨을 만끽하며 지낼 겁니다.

내일도요.

아름다운 일상이 모여

아름다운 일생이 될 테니까요.

여행길을 함께 걸어 주신 당신들,

내일은 오늘만큼 좋을 거예요.

설령 오늘이 좋지 않았다한들 걱정 말아요.

내일은 오늘보다 더 좋을 거예요.

틀림없이요.

좋은 날이 될 겁니다.

여행이거나 사랑이거나

1판 1쇄 발행 2020년 07월 13일

지 은 이 윤정은
기획편집 정소연
디 자 인 정영주

발 행 인 정영욱
일러스트 Heezo

펴낸곳 (주)부크럼
주 소 서울특별시 구로구 디지털로31길 38-21 이앤써드림타워 3차 303호
전 화 070-5138-9971~3 (도서기획제작팀)
이메일 editor@bookrum.co.kr
인스타그램 @bookrum.official
블로그 blog.naver.com/s2mfairy
포스트 post.naver.com/s2mfairy